我们是小淑女

优雅，聪慧，阳光，快乐，甜蜜，
勤奋，包容，恬静，浪漫，唯美，璀璨。
善解人意，才华横溢，从容淡定，
独立有主见，时常感恩，心怀美好。
爱学习，爱阅读，爱幻想，睿智有深度，独具品位。

意林励志·MiniMiss 荣誉出品

小 MM 品牌书系 · 淑女文学馆·欢乐联萌系列 007

笑，是最好的良药。

淑女文学馆
欢乐联萌系列 007
MiniMiss 出品

淑女文学馆
欢乐联萌系列007
小念慈
MiniMiss出品

千金当道（一）

沈君野 ◎ 著

北方妇女儿童出版社
·长春·

小小姐 MiniMiss 出品

图书在版编目（CIP）数据

千金当道.1 / 沈君野著. -- 长春：北方妇女儿童出版社, 2016.8
ISBN 978-7-5585-0209-5

Ⅰ.①千… Ⅱ.①沈… Ⅲ.①长篇小说－中国－当代Ⅳ.①I247.5

中国版本图书馆CIP数据核字(2016)第173351号

千金当道（一）
Qianjin Dangdao（Yi）

著　　　者	沈君野
出 版 人	刘　刚
总 策 划	阿　朱
特约策划	师晓晖
责任编辑	吴　强　张　旭　孟健伊
图书统筹	安小纪
特约编辑	黄佳佳
绘　　图	莹　月
书籍装帧	胡静梅
美术编辑	王　春
选题调研	意林女生文学阅读研究中心
开　　本	880mm×1230mm　1/32
字　　数	177千字
印　　张	6.5
版　　次	2016年8月第1版
印　　次	2016年8月第1次印刷
印　　刷	河北鹏润印刷有限公司

出　　版	北方妇女儿童出版社
发　　行	北方妇女儿童出版社
地　　址	长春市人民大街4646号
	邮编：130021
电　　话	0431－85678573

定　　价	19.90元

如发现印装质量问题，请与印务部联系退换，电话：010－51908584

打造中国女生文学第一品牌

文◎《意林·小小姐》书系总策划 阿朱

2010年1月，意林集团专门为女孩量身定做的读物《意林·小小姐》诞生了。创办之初，《意林·小小姐》旗帜鲜明地打出口号——"中国第一本小淑女文学生活志"，"淑女"取意为"内心美好、品质优秀的女孩"，明确为中国8岁~18岁的优质女孩服务，以"帮助女孩在快乐阅读中提高文学修养和综合素质"为宗旨，坚持"纯正、阳光、向上"的风格导向，内容着眼于"青春、梦想、成长、励志"，以期打造全新的、真正适合女孩阅读的健康课外读物。

凭借这样的精准定位和独特理念，《意林·小小姐》上市后，很快赢得女孩们的喜爱，在校园中引起巨大反响，女孩们表示："终于有女生的专门读物了！超级好看！"家长和老师也纷纷给出"孩子看后成长了很多""孩子的作文水平明显提高了"之类的积极反馈。2011年6月，在读者的强烈要求下，《意林·小小姐》在坚持宗旨、质量不变的前提下，出版频率加快，由原来的每月一期增加为每月两期；同年10月，《意林·小小姐》月发行量突破50万册，潜在读者超过80万人，其作为优质女孩首选课外读物的地位逐渐形成，而迅猛增长的销售业绩也引来业界极大关注，开始得到一些同行的模仿和追随，市面上类似风格的女孩读物相继出现（当然，最能经得住市场检验的很少）。

2010年7月，《意林·小小姐》开始涉足图书出版领域，编辑部陆续推出《蔷薇少女馆（Ⅰ~Ⅵ）》《迷藏（Ⅰ~Ⅲ）》《悠莉宠物店（Ⅰ~Ⅵ）》《七寻记（Ⅰ~Ⅲ）》《钢琴小淑女（第一季~第四季）》、"少女果味杂志书"等数十种图书，这些书在全国中小学校园中广为流传，传阅率超过50万人/册，加印率达到100%，无数小读者为之痴迷、陶醉，"《意林·小小姐》出品的图书本本畅销"这一观点也成为众多书店、经销商的共识。"《意林·小小姐》现象"逐渐成为一种社会现象，为各方所津津乐道。

2012年，创办满两周年的《意林·小小姐》步入加速发展轨道，编辑部创造性地提出"女生文学"概念，并将之上升到与儿童文学、青春文学并列的重要文学形态，《意林·小小姐》专注于为成长中的女孩服务的想法也更加清晰，编辑部计划在未来几年内，以每年出版几十种新书的速度，采用短篇文集、长篇小说、原创漫画、故事绘本等多种类型齐头并进的形式，为女孩们提供一批有规模、有质量、有品位的精品读物，打造中国女生文学第一品牌。

在2012年7月之后出版（或修订）的所有《意林·小小姐》"淑女文学馆"系列新书中，我们都会特别放置这篇名为《打造中国女生文学第一品牌》的文章，来阐述我们对于建设中国女生文学以及推动女生健康阅读的崭新理念与思考。

★女生一定要选择适合自己的女生文学读物

首先，什么是女生文学？

《意林·小小姐》所定义的女生文学是指专门为女孩（特指8岁~18岁女孩）创作并适合女孩阅读的、符合女孩心理特点和审美要求、有利于女孩身心健康发展的各种文学作品。简单来说就是所有适合女孩阅读的健康课外读物。

目前，国内未成年人的文学阅读笼统地分为儿童文学、青春文学等大类，市场上很难找到专门针对女孩创作的有规模、系统化的读物。事实上，女孩和男孩的大脑结构不同，思维方式、理解能力、审美要求不同，在阅读上也要区分性别，选择不同的读物。

《意林·小小姐》系列读物立足于女孩性别特点，专门为女孩量身打造，是专属于女孩们自己的读物，合乎年纪，合乎趣味，外观时尚、唯美、优雅，内容纯正、阳光、向上，是真正适合女孩阅读的健康课外读物，带给女孩全新的阅读体验。

★女生通过阅读女生文学读物提升写作能力，获取成长养分

8岁~18岁正是快速吸收养分、奠定阅读基础的黄金年龄，对于女孩一生的成长至关重要。《意林·小小姐》提倡女生文学要打破市场常规，"从低幼儿童文学及少女言情中解放出来"，以深浅适度、风格纯正、健康向上、可读性与文学性兼具的内容，帮助女孩在快乐阅读中提高阅读理解能力、作文写作能力、汲取成长经验、成长智慧，全面提升素质。

在故事类型上，《意林·小小姐》系列读物既有贴近女孩生活和心灵的校园故事、成长故事、亲情友情故事等，又有极富想象力的冒险故事、幻想故事等，每篇文章的选取都将标准锁定为"题材新颖、内容阳光、主题积极向上、文风优雅纯正"，并坚持拒绝浅薄幼稚、庸俗无聊、花哨言情等无内涵的文章。女孩们在健康文学的长期熏陶下，语感增强了，素材丰富了，思维开阔了，自然能做到心中有故事、下笔有话说，不再为作文犯愁；同时，这些文章里蕴含的温暖励志内核，诸如阳光、善良、真诚、包容、坚强、勇敢、善解人意、独立有主见等精神，都能激发女孩正面心态的能量，帮助她们成长为内心强大的女孩，为将来的人生打底。

★女生文学读物要品质化、品牌化、系统化

《意林·小小姐》创办的时间不长，但读者的忠诚度、信赖度和美誉度在国内首屈一指，已经形成明显的品牌优势，它集"好看""清新""唯美""阳光""优雅""品位"等各种美好感觉于一身，始终以女孩的阅读感受为根本，全心全意为女孩服务，专心致志打造一流读物、精品读物。

读者的认可和喜爱，得益于《意林·小小姐》对文稿质量近乎苛刻的严格把关。为《意林·小小姐》供稿的作者，既有实力派中青年儿童文学作家，又有青春

新锐派文学作者，编辑部每月收到近千封来稿，经过反复筛选、修改，优中选优，最终确定30篇左右刊出；对于长篇图书出版，编辑部始终坚持"用心、专业、永续经营"的理念，不追求过度商业化、批量化生产，每一本书稿都精雕细琢、反复打磨，已出版的每一本图书几乎都成为业内畅销书经典，而《意林·小小姐》所倡导的女生文学概念及标准也成为业内标杆，引来众多同行追随。

除此之外，编辑部与一大批有潜力的青年作者建立了长期的独家合作关系，这些作者通过《意林·小小姐》、网络、电话、读者见面会等各种渠道，常年坚持在第一线与读者互动，倾听读者心声，保持创作活力源源不断。目前《意林·小小姐》独家签约作者的队伍仍在不断壮大，我们希望用几年甚至十几年的时间，形成有较大社会影响力的专业化女生文学创作基地。

为避免女孩因为阅读口味单一而造成阅读面、知识面过于狭窄，《意林·小小姐》除了做好文学类图书外，也努力开发适合女孩阅读的其他类别读物，比如励志、科普、时尚、生活类选题，同时力求经营品种以及传播途径上的多样化，依托原创精品内容，开发数字化传播、动漫、影视、动画、游戏、周边产品、女生网络社区等，做好精品故事的深度经营，构筑全产业链发展模式。在销售渠道上，除传统的零售、邮局、校网等，我们逐渐在各地设立女生文学专柜和品牌专卖店，力争让读者随手可取，购买方便。

★为女孩营造愉快的阅读体验

《意林·小小姐》系列读物无论在内容还是包装上都具有较高的辨识度，为了方便读者寻找，我们对2012年7月之后出版（或修订）的新书做了统一规划：

○认准独家标志

《意林·小小姐》出品的所有图书，在腰封和封底上都有"意林""Mini Miss出品·女生文学"的独家标志（图1）；在书脊上，除了"意林"以及"Mini Miss"字体Logo外，每本书还特别放置了"封面女孩"形象（图2），便于读者辨认和收藏；在前、后勒口上，每本书都有"纯正、阳光、向上，中国女生文学第一品牌"的字样（图3）。

图1

图2

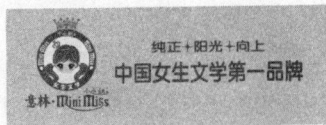

图3

○ 识别编号

《意林·小小姐》出品的所有图书都将逐渐归于"淑女文学馆""淑女漫绘馆""淑女励志馆""淑女风尚馆""淑女生活馆"等特色馆（新馆不断添加中），每本书都有属于自己的编号，比如：

代表这本书所属类别是淑女文学类，编号为冒险励志系列004，即此系列的第四本书，在这本书之前，自然已经出版了001、002、003，后面也会有005、006、007……陆续上市；图书封底的总编号则代表了这本书在《意林·小小姐》所有出品图书中的总排序。

○ 女孩特色包装

每本图书都会配备一张淡雅的紫色或粉色前衬页，上面印有"意林"及"Mini Miss"字体Logo；在小说类单色印刷的图书中，会加有4页铜版纸彩色插图页，第一页的"淑女宣言"（图4）代表了《意林·小小姐》所提倡的优质女孩精神，第四页则标明了本书所属的系列及编号（图5）。

图4

图5

我们目前所使用的字体、字号以及行距，是在经过大量调查研究和多次测试后确定的，适合成长中的女孩阅读，每一页的内容既充实，又不至于给读者造成阅读疲劳。

所有的一切都是为了给成长中的女孩提供价值导向健康、养分丰富、品质优良的课外读物，营造愉快的阅读体验，我们希望以传媒人"有爱有担当"的社会责任感和"一生只做一件事"的专注精神，不遗余力地建设女生文学，推动女生阅读向前发展，全力打造中国女生文学第一品牌！

Contents
目录

第一章 / 原来我是奸臣之后 001

021 第二章 / 人生如戏，全靠演技

第三章 / 小相爷酷、狂、霸 045

063 第四章 / 公主门前欢乐多

第五章 / 我只想当一个安静的美少年 079

第六章 / 人生已经如此艰难 093

111 第七章 / 微臣很忙，忙着爬墙

第八章 / 才出虎穴，又入狼窝 131

155 第九章 / 死，还是不死，这是个问题

第十章 / 人在朝堂飘，哪能不挨刀 173

第一章

原来我是奸臣之后

这是一个月黑风高的夜晚，抬头只能看见稀稀拉拉的几颗星星。

天气不是很好，在穷乡僻壤的小乡村里，连路都不怎么看得清，实在不适合在外奔走。

但楚楚事先已经看过皇历，算过日子了。皇历上说：冬月十八，天寒夜黑，宜偷鸡摸狗，宜瞒天过海，宜抱头鼠窜。

适合做一切不宜声张的事情，而且，成功的可能性非常大！

所以，在这天晚上，楚楚怀揣着"重金"——三两银子，一只手提着一盏昏暗的油皮灯笼，一只手拉着弟弟，像只受惊的兔子，疯狂地奔逃在乡间的小路上。

为什么要奔逃？为了自由！

三天前，他们还只是大塘村里一对儿孤苦无依的姐弟。

那一天不是很冷，难得没有刮北风，温暖的阳光穿过干枯的树枝照在身上，很舒服。

破坏这一切美好的是一个滚烫的红薯。

那个红薯是村东头刘大娘送给楚楚的，作为楚楚一大早替他们洗了三床被褥和一家上下十八口人的衣服的报酬。

楚楚千恩万谢地接过这件宝贝，没舍得吃，小心翼翼地揣着它回去，给了弟弟瓜瓜。

她揉了揉"咕咕"叫的肚子，回屋里喝了两口米汤，就当是早饭。

结果她转身出来，就看到一群熊孩子围着瓜瓜拳打脚踢。

为首的那个小胖子，手里还拿着瓜瓜的红薯，趾高气扬地叫嚷："敢不把好吃的乖乖献给本少爷，真是活腻了！给我打，打扁这个小呆瓜！"

楚楚认识那个小胖子，那是本村李财主家的儿子李元霸，名如

其人，是个远近闻名的小霸王，专爱欺负老弱妇孺。只是没想到，他今天好巧不巧，逮着了瓜瓜下手。

周围一帮人都是他的随从，七八个年纪相仿的少年纷纷起哄："打他，打他！"

瓜瓜被按倒在地上，头发被他们一伙人扯得乱七八糟，额角也磕出血来。

昨天夜里刚刚下过雨，地上都是烂泥巴，沾得他满头满脸都是。他还以为这群人是在和自己玩，龇牙咧嘴地笑得特别开心，完全不知道痛似的。

那一刻，楚楚只觉得全身的血液都在往脑门涌！她最宝贝、最珍爱的弟弟，居然被打了！

她像一只护犊的老牛般冲了上去，一巴掌把为首的李元霸抽倒在地。

在所有人都还没来得及反应时，她已经一屁股坐在了对方的身上，狠狠揍上了他的眼窝。

"啊——"李元霸差点儿没被楚楚的千斤坠压出内伤来，脸上又被揍了好几下，疼得直叫唤。

楚楚一点儿都不吝惜力气，专挑他身上软的地方揍，一边揍一边狠狠地骂："喊什么喊，你不是很神气吗？长得跟红薯似的，还敢欺负人，我让你欺负人！"

围观众人见状，大半被吓得撒腿跑了。

这一幕，成了楚楚人生的转折，也可以说是大雍国历史性的一刻。

说是转折，并不是因为她骁勇善战，打得李元霸毫无还手之力。而是因为，就在她揍得对方晕厥过去时，一群汉子突然冒出

来，将他们团团围住。

楚楚从来没见过这样的阵势，里三层外三层，有几十个人，个个穿着盔甲黑衣，长得威武雄壮，靠气势就能吓死人。她暗自想，李元霸家中居然有这么多护院？早知道，就不该这么冲动……

她一边后悔，一边想说点儿什么，缓解一下剑拔弩张的气氛，只是刚张嘴，就看到这几十个人"扑通"一声，整整齐齐地跪在了自己面前。

地面都被他们跪得震动了，这得多实在的力道呀，可这群人连眉头都没有皱一下。

铁甲相撞的声音清脆作响，与他们的声音一样整齐："属下等参见小相爷，小相爷万福金安！"

啥？小相爷？谁？楚楚的嘴巴维持着张开的姿势，久久无法合拢。

她四下张望着，正在想这些人是什么来路，一个少年分开人群，慢慢走到她面前。

少年长着一张精致好看的脸，狭长的丹凤眼，挺直的鼻梁，薄薄的嘴唇，五官棱角分明。

他身穿一件月白色的长袍，上面用黑金蚕丝绣着繁复的水墨青图案。整个人气质清俊优雅，远看就像是从山水画里走出来的仙人。

乡下小地方，像这个年纪的男孩子，楚楚也见过不少，但是从来没有长得这么俊俏又穿得这么贵气的。

胡九辰在看到凌楚楚的第一眼，就感觉内心有一万匹赤兔马呼啸而过，心里暗惊道："天哪——"

他从没认真想过，凌相流落在民间的女儿会是什么样，可是无论什么样，都不该是眼前这个样！

眼前这骑在一个胖子身上，铁拳凶狠、满脸苦大仇深的，真的是女孩子？

楚楚一身粗布衣，头发像男孩一样用木头簪子歪歪斜斜别出一个花苞的形状，光洁圆润的脑门上溅了好些泥点子，那双骨碌骨碌转的眼睛，闪着男孩子才有的野气。从穿着到行为举止，都好像有点儿对不上啊！

胡九辰皱眉看着对方，眼里不由自主地露出几分鄙夷。凌家那几个女儿他都见过，虽说有些女儿被宠得无法无天了，可是都长得花容月貌的。眼前这个"歪瓜裂枣"，和正牌千金相比，差距实在太大……

他心里瞬间闪过许多个念头，真想直接掉头就走。

与此同时，站在他面前的楚楚也被他出类拔萃的气质折服。她心想，这样一个谪仙一样的人物，怎么会突然出现在大塘村这种乡野之地呢？

她看得完全挪不开眼，这位小哥哥到底是谁，从哪里来的？一不小心嘴上就问出来了。

胡九辰撇了撇嘴，心想这疯丫头到底是出身村野，不仅大胆地盯着自己这个陌生男子看，竟然还主动搭讪，跟京城那些名门闺秀根本没法比。

他微微侧过身子，神情倨傲地回答："你可以喊我九爷。我来自京城，是特地来这里找你的。"

"找我？"楚楚愣住了。

胡九辰的手指几乎快指到楚楚的鼻子上了："你叫楚楚，对不对？"

"对！"楚楚有点儿惊讶，"你怎么知道？"

"无父无母，和一个捡来的痴儿相依为命？"

"瓜瓜才不痴！"楚楚瞪了他一眼，不小心被胡九辰那张俊颜帅到，红着脸说，"不要以为你长得好看就可以胡说八道！"

"哦，谢谢夸奖！"

楚楚顿时无奈了，她说话的重点是在"胡说八道"，不是在"长得好看"！怎么会有这么臭美的人？

胡九辰似乎对她的情况十分了解，开口说起她的身世就滔滔不绝，连一些外人不知道的事情都一清二楚。

比如，她爹姓凌，她其实应该叫凌楚楚才对。又比如，她和瓜瓜不是亲姐弟。

这些事，就连大塘村的人都不知道。

楚楚越听越心惊，恨不得赶紧上去捂住胡九辰的嘴巴，不让他继续说下去。

可是，他的声音那么好听，而且说话的时候有股不怒自威的气势，让她不敢造次。

她暗暗鄙视自己没出息，能把李元霸这样的刺头按在地上一顿胖揍，却不敢制止这么一个翩翩贵气的美少年，她真是只纸老虎！

楚楚从小没爹，在她八岁左右的时候，娘收养了弟弟瓜瓜，这是在他们搬来大塘村之前的事情了。没多久，娘就过世了，留下瓜瓜陪她做伴到如今。

她一直知道，瓜瓜不是她亲生的弟弟，而且脑袋有问题，不像常人。

可是，那是她娘留给她的伴，是她在这世上唯一的亲人，她一直记得娘临死前把她拉到床前说过的话："以后要疼弟弟，照顾弟

弟，要让弟弟吃饱、穿暖！"

吃饱、穿暖，本该是这世上最稀松平常的事情，可是对他们这样的穷人来说，却是很奢侈的。

作为一个没爹没娘的孩子，楚楚深知亲情的可贵。

所以当胡九辰告诉她，她的生父还活着，问她要不要去见一见的时候，她被吓了一跳，心道：我的娘哎，你真是未卜先知啊，亲爹真的来找我了！

楚楚的娘临终前这么跟她说过："我苦命的楚楚啊，如果有一天，我是说如果——当然，这种事情发生的可能性，就跟瓜瓜的脑袋突然变聪明一样小，那就是……如果你爹哪天突然派人来找你了……千万记住娘的话，不要跟他走……他不是好人……千万，千万记得！"

她没有想到，真的会有这么一天，她爹派了一个贵气英俊的少年郎来接她！这事有古怪！

楚楚眼珠子转了转，问："你到底是什么人？"

"你放心，我不是坏人。我是你爹府里的第一谋臣，来这个鸟不拉屎、鸡不下蛋的地方，就是奉了你爹之命。"胡九辰说。

她娘不会害她，楚楚一直相信。所以，她斩钉截铁地拒绝了胡九辰。

胡九辰愣住了，对方的反应出乎了他的意料，他原本还想重点跟楚楚说说她的生父权势滔天，如果去相认，下半辈子都能吃香的喝辣的，荣华富贵享用不尽。

结果，楚楚完全不给他机会。

胡九辰下意识地打量了一下楚楚，心想，这么个泥里打滚的乡

野小丫头，难不成会有大见识？

怎么看，都不像。

他疑惑地问："为什么不想去见他，你知道他是谁？"

"不知道。"楚楚茫然地摇摇头，满脸凄切，哀怨地说，"见与不见，又有什么关系呢？楚楚心在天涯，身在江湖，注定浪迹漂泊，何必徒惹牵挂？"这些台词，她常听小凤仙在戏台上唱，早就背熟了，说出来脸不红心不跳，再自然不过。

胡九辰被她端出来的戏词恶心到了，暗暗搓了搓身上的鸡皮疙瘩。这么厚的脸皮，还这么会忽悠，的确是凌相亲生的呀！这就是他要找的人！

他打定主意要把她带回去，于是露出狰狞的面目，威胁道："你把李大少打成重伤，如果不跟我走，我就报官！你被官府抓起来倒是没什么，只是可怜了你那弱不禁风的弟弟！"

楚楚倒吸一口冷气，脑袋里瞬间闪过了上百个念头，最后，她望了一眼刚刚从泥水里爬起来的瓜瓜，顿时蔫了。

瓜瓜还小，已经失去娘的照顾，她不能再让他失去姐姐。

可是，为什么有种要进火坑的预感？好害怕……

这个冬天比起往年都要寒冷，尤其是在这种夜里赶路，实在是活受罪！凛冽的北风呼呼作响，刮在脸上犹如刀割。

瓜瓜是被她强行从温暖的被窝里拉出来的。

他还没完全从瞌睡里回过神来，就被外面这寒冷的天气冻得浑身冰凉。

他跑累了，在楚楚身后上气不接下气地喊："楚楚，停，快停，累！"

楚楚不愿停，耐着性子鼓励瓜瓜说："瓜瓜啊，坚持，趁着天还没亮，我们一定要逃得远远的。不然会被抓回去的！"

瓜瓜听了她的话，喘得更厉害："还要跑多……多远？"

"翻过两座山头，再绕过一条河，往北走五里，就离葛家庄不远了，只要到了葛家庄，咱们坐船过江。到时候，天南地北任咱姐弟俩飞，他们谁也别想追上来……"

楚楚的话还没说完，瓜瓜原本死死拽着她的手，立刻放下了。

楚楚勉强停下脚步，有些不高兴，回头问："怎么了？"

"太远了。"瓜瓜赖在原地，不肯走。

楚楚傻眼了，她事先做好了详细规划，想到了各种可能出现的情况，却单单漏了最大的变数——瓜瓜。

她要再做做瓜瓜的思想工作，他们现在还没跑远，实在有点儿危险。

还没来得及开口，就听到前方有人轻笑一声，在大半夜里显得有些突兀，吓得她全身汗毛都竖起来了。

身后的瓜瓜更是"呀"的一声缩在了她身后，拽着她的衣服说："楚楚，我怕。"

楚楚其实也很怕，她的背脊上都是冷汗，双腿也在发抖，却不能表现出来，瓜瓜还要依靠她呢！她强压下心头的恐惧，粗着嗓子问："来者何人，报上名来！"

"咦？凌楚楚？怎么这么巧？"

声音很熟悉！还认识她！

楚楚心头突然有种不妙的预感。

黑暗中慢慢走出来一个人，身形修长，步态悠闲，借着手上灯笼的亮光，她顿时看清楚了来人。

面若冠玉，眉似远山，一双狭长的眼眸长得像狐狸似的，明亮又狡黠，闪动着算计的光芒。

不就是她白天遇见的那个灾星胡九辰吗？

如同看到了鬼似的，楚楚的脸色"唰"地白了："你……你……你怎么会在这里？"

"是……是……是啊。起来散个步，你们也是吗？"胡九辰打着哈哈，身体微微挪了点儿位置，挡住了姐弟俩逃跑的必经之路。

至此，楚楚和瓜瓜的逃跑计划彻底泡汤！

楚楚躺回到房间的床上，已经是三更时分。

折腾了半宿，瓜瓜早就累了，脑袋一落到枕头上就立马没有任何负担地睡着了，鼾声如雷，楚楚隔着两间屋子都能听到。她心里暗自感慨，没心没肺的人，睡眠质量就是高啊！

这一夜，她缩在薄薄的一层被子里，全身冰冷，心更冷。

时而想到娘亲临死前的谆谆教诲，时而想到狐狸男那犀利算计的眼神，时而又想到自己那花骨朵儿一样天真可爱的弟弟，她顿时百感交集，孤枕难眠……

为了这个家，为了姐弟俩以后的幸福，自己这个"一家之主"真是操碎了心，一念及此，楚楚真的好想跪在床头放声大哭呀！

一夜辗转反侧的直接后果是第二天起床浑身无力。

楚楚是被一阵噼里啪啦的鞭炮声吵醒的，她顶着两个巨大的黑眼圈从床上坐起来，狠狠把枕头摔到了地上："到底是谁，偏偏要挑这个时候扰人清梦！太过分了！"

"过分"的某人此时正坐在饭厅里用餐，脸上挂着用心险恶的笑容，自言自语地说："睡得这么死，都放了两串鞭炮了，居然还是叫不醒。影二，你再去买一串，要最响的那种。"

房梁上突然跳下一个全身黑衣的人，沉声说了声"遵命"，然

后一阵轻烟似的消失了，轻功之高，当世罕见。

喝碗粥的工夫，楚楚终于磨磨蹭蹭地洗漱完毕，走出房门，就看到正在厅里用早餐的两个人。

瓜瓜的碗里已经堆满了包子和馒头，手里还拎着一根油条，吃得满脸欢喜。

胡九辰坐在瓜瓜旁边，穿着一身雪白的裘袍，更显得气质逼人。楚楚心想，哼，长得再好看又怎么样，心眼太坏，怎么看都不顺眼！

胡九辰听不到她心里的诋毁，笑嘻嘻地为瓜瓜夹了一块牛肉，同时循循善诱："慢点儿吃，只要你乖乖听话，以后大晚上的不要跟着楚楚到处乱跑。还有什么想吃的，都给你买。"

瓜瓜笑眯眯地回答："我还想吃大包，肉肉的大包！"

"以后天天都有大包吃，瓜瓜帮我把楚楚留下，不让她离开，好不好？"

"好！我留下，让楚楚也留下！我要大包，天天都要大包！"

楚楚正要跨过门槛进来，听了他们的对话，脚下一滑，摔倒在地，差点儿没把下巴摔裂。

人情真的太寒凉，世态真是好凉薄！每天几个肉包就能把她这个弟弟给收买，怪只怪敌人太狡猾，弟弟太单纯……

楚楚怀着满腔的怨愤和委屈大口吃着早餐，等她回过神来，已经不知不觉地解决了三个肉包、五个馒头，还有一盘牛肉……

好撑！

她情不自禁地打了几个饱嗝，顿时遭到了胡九辰的嫌弃。

吃饱喝足后，胡九辰笑眯眯地说："瓜瓜去院子外面玩吧，那些侍卫哥哥都可以陪你捉迷藏、爬树还有钓鱼。"

楚楚举手："我也要去。"

胡九辰毫不留情地驳回了她的要求："这些天真烂漫的游戏不适合你这种大龄少女。"

什么嘛！人家还小！

最后的结果是，楚楚被关在大厅里，听着瓜瓜清脆响亮的笑声从院子围墙外传来，心痛到无法呼吸。

她也想玩游戏！

她也想跑出院子去"放个风"！凭什么不让！

她幽怨地望着"罪魁祸首"，心想自己上辈子一定是当了山贼，杀人放火无恶不作，所以这辈子才会遇到这么个烂人来收拾自己！

这时候，胡九辰拍了拍手掌，应着掌声从外面进来一个中年妇女，四五十岁，身着紫红色的大棉袄，颜色鲜亮得和她的年纪实在不相符。

楚楚的视线落在中年妇女的发髻之上，顿时惊呆了。

只见上面插满了碧绿的玉簪、金光闪闪的发钗、龙眼大的珍珠……绿油油、金灿灿、白花花，各色光泽流转，折射出的光芒简直闪花了楚楚的眼。

"她是卷嬷嬷。"胡九辰向楚楚介绍道。

卷嬷嬷用刀子般锐利的眼神在楚楚身上来回刮了两三遍，然后嫌弃地说："就这么个土里土气的土包子，真是凌相流落民间的儿子？"

胡九辰笑着点了点头，又摇了摇头："是凌相流落民间的，但不是儿子……"

"什么？是个丫头！"卷嬷嬷的表情瞬间变了，她不敢置信地揉了揉自己的眼睛，眼前这个穿得灰头土脸、站没站相坐没坐相的

"少年"，居然是个女孩子！

胡九辰能理解卷嬷嬷的震惊，眼前这位跟凌相家中那些个天之骄女比起来，简直就是云泥之别。

可是怎么办，凌相只有这一位女儿是别人不知道的，他连挑都没得挑。

卷嬷嬷连忙摆手："不行不行！这个老身不行，实在不行！"

胡九辰可怜巴巴地看着她："嬷嬷，你可是答应了的。"

"那我也不知道她是个女娃呀！"卷嬷嬷来回踱着步子，不安地说，"一个女娃怎么可能承袭凌相的相位？这要是传出去……"

"嬷嬷，此事除了你、我、她，不会再有第四人知晓。"胡九辰叹气，"我已经找人细细查过，除去相府那七位小姐，凌相就只剩流落民间的这一丝血脉了。可怜他权倾天下，纵横朝堂，历经三朝风云不倒，偏偏没有一个儿子承继。"

卷嬷嬷依然有些顾虑："可是，这个女娃，看上去气质教养实在太差了。您又只给了十日的工夫，老身担心……"她又看了一眼楚楚，脸上尽是"朽木不可雕"的嫌弃。

楚楚接收并领悟了她的眼神，立刻翻了个大大的白眼还击，被胡九辰敲了一记栗暴："没礼貌。懂不懂什么叫尊师重道？以后就由卷嬷嬷来教导你官场上的礼仪规矩，记得用心学！"

"喂！你凭什么打我？还有我为什么要学礼仪规矩？我才不要听你的话，快放我和我弟弟走，不然我去官府告你！"

胡九辰听了，阴森一笑："去官府？告我？好呀，此地离官衙不远，顺道一起呀！我也有些情况，正想向县丞大人反映反映。"

"你什么意思？"

"不记得了？当街行凶，打伤大塘村李财主家的儿子，可是你干的？除了我，还有许多人都亲眼看到李大少倒在血泊之中的悲惨

情景呢！聚众斗殴，致人伤残，再加上肇事之后当场逃逸，此等恶劣行径委实凶残……"

其实李元霸只是一大早不曾进食，被楚楚打得重了点儿才会短暂昏厥而已。

胡九辰添油加醋地把事情说得十分严重："按照《大雍刑律》第三章第一百三十条规定，就算不判个流放，也该判个七八年的囚禁吧？虽然当时我替你压下了，可现在想想，实在不怎么妥当。要不，我还是带你去自首吧！说不定县丞大人看你诚心悔改，少判个一年半载……"

楚楚低下头，不吭声了。居然忘了自己是怎么被这家伙骗上贼船的，自己可是犯了事的人，一个不小心就会坐牢的……

胡九辰假惺惺地叹了口气，说："监狱里这个季节虽然冷得跟冰窖似的，但是如果运气好没被冻死，等到夏天就凉爽了呀！严刑拷打虽然是常事，但是你身子骨结实，应该不会被打得手断脚断吧？哎呀，就是不知道他们会不会对你夹手指，听说前朝子薇公主和环珠郡主被夹得都不能弹琴了，反正你也不会这些高雅的技艺，没什么大不了的……还有，你不用担心会寂寞，那些蟑螂啊、老鼠啊，很多的，每天都有好几拨从你脚上欢快地爬过去……"

他话还没说完，就听到楚楚发出一声凄厉的尖叫。

楚楚想到监狱里还有恶心的老鼠，脸都青了。

卷嬷嬷在一旁看着暗自叹气，自己这个主子呀，实在是……多年如一日的狡诈呀！

反观胡九辰，他丝毫不觉得自己这样逼迫一个女孩儿是多么过分的事情，反而饶有兴趣地看着楚楚狼狈的模样，嘴角噙着一丝戏谑的笑容，慢悠悠开口道："你现在想清楚了吗？是乖乖跟卷嬷嬷学礼仪规矩，还是去牢狱里待着？"

楚楚红着眼眶，一副快要哭出来的样子："我可不可以离开？"

当然，她的"无理"要求被胡九辰毫不留情地拒绝了。

楚楚很快投入到紧张的训练中，训练的地点就在庭院里。

院子里有一棵大树，上面的叶子早就凋零，只剩下发白的枝丫裸露在外。

午后的阳光穿过枝丫照在凌楚楚身上，暖暖的，她眯着眼，心里盘算着到底是乖乖留下，还是继续想办法带瓜瓜逃跑。

胡九辰过来训话，楚楚不耐烦地站在一旁，一边玩着衣襟上的花边一边听他说话。

"其实你应该早就从我们之前的只言片语里听明白了，你不是普通人家的女儿，你爹是当朝百官之首，权倾天下的左相，凌如峰。"

听到这个说法，楚楚身躯一震，虽然之前被一群人跪着喊小相爷，但是她真的没有多想啊！凌相是她亲爹，真的假的？

这个名字，她早就在村口说书先生的嘴巴里听过千百回了，鼎鼎大名！如雷贯耳！

咦？好像有什么不对！她突然反应过来，说书先生说这个凌相没干过什么好事呀！

挟天子以令诸侯、贪赃枉法、鱼肉百姓，还有勾结西岐、战后议和的传言，种种劣迹，汇成一句话：凌相是个大奸臣！

那她是——奸臣之女？

楚楚终于明白娘为什么临终前特别交代她，要和生父划清界限了。

她连忙摇头："不可能，我怎么可能是他的女儿？"

"你是。按照年纪，你是她第八个女儿，你的名字叫——凌楚楚！"

"凌楚楚……"她念着自己的名字，只是加了个姓，居然就像在念别人的名字，那样陌生。

胡九辰提醒她道："这次我替凌相找你回去，就是要让你女扮男装，对外称你是他流落民间的私生子，回去认祖归宗。这样，你才能继承他的相位。"

"可是，我为什么要继承他的相位? 他怎么了? 过世了? "凌楚楚一头雾水。

"他没有过世，只是突然中风了，现在相府乱成一片，需要你回去帮忙。"胡九辰说这话的时候，一直认真地看着她，这让她感觉，自己似乎很重要。

凌楚楚被他的表情给唬住了，她低头想了想，其实自己也想见见亲爹长什么模样。

她又问了几句，才终于搞清楚，原来凌相前阵子上朝时不小心踩空，从十几层玉阶上滚落，不小心撞到了头部，脑内淤血而中风。

他这一倒下，可把好多人都给急坏了。尤其是他这么多年在朝中积累下来的同党势力，一下子失了主心骨，纷纷慌了手脚。

墙倒众人推，凌家的处境不容乐观。

相府中夫人早逝，除了昏迷的凌相，就只剩下七位千金，而且差不多都在相爷昏迷之前被相爷气得离府了，眼下只剩长女凌凤喜在府中主事。

朝中其他势力闻风而动，这些年他们被凌相压制得死死的，早就累积了不少怨气，一时间纷纷向凌相一党下手，想要趁机将凌相一党剪除干净。

他们纷纷上书弹劾凌相，要求皇上革了凌相的相位，彻查其在位时为非作歹的所有事。

那些曾经被凌相一党压制得抬不起头的对手如今居然敢做出这样的行为，让凌相一党又惊又怒，却因为无人主持大局而自顾不暇，此时有人出主意，寻一寻凌相在民间的私生子。

如果私生子能回来继承相位，代替相爷领导众人，震慑其他党派，也能保得所有人的荣华富贵。

凌楚楚就是在这样的情况下被这伙人挖了出来，她真的觉得自己很倒霉，明明也是相爷生的，却要在乡野辛辛苦苦熬生活，足足熬了十六年。

如今终于被人发现身世，生父的人也找到自己了，结果却不是接她回去享福的，而是送她回去受苦受难的。

从头到尾，她就没沾自己这个老子半点儿光，还要回去给他收拾烂摊子，凭什么？

当然，这些都只是在心里嘀咕一下而已，迫于胡九辰的威胁，她还是满脸微笑地倾听了相府的其他情况。

介绍完情况之后，胡九辰示意道："卷嬷嬷，你帮她精心准备的东西呢？拿出来吧。"

卷嬷嬷点点头，转身"吭哧吭哧"地搬出了厚厚一叠书。书摞在一起几乎有半人高，她小心翼翼交到凌楚楚的手里，说："除去每天训练的仪表形态，抽空把这些东西全部背完！"

凌楚楚差点儿没能接稳，手中突然增加的重量使她有些摇摇晃晃，脸色有些难看地问："为什么这么多？"

卷嬷嬷轻描淡写地回答："因为你还有七个姐姐，这其中有七

本，分别记载她们每个人的特征样貌、脾气喜好。虽然现在只有你的大姐凌凤喜还住在府里，别的姐姐都搬出去了，但保不齐她们还会搬回来。等你回到京城，你每天要和她们住在同一屋檐下，记熟这些你才能投其所好，早点儿和她们搞好关系。"

凌楚楚有一种被雷劈到的感觉，每个女儿一本册子，七个女儿就要背七本册子，她爹为什么要生这么多女儿！

她还没来得及说点儿什么，卷嬷嬷又拍了拍最上面的那一本册子，这一本是最厚的，厚度甚至已经远远超过了其他七本之和。

凌楚楚忍不住咽了一口口水问："这本，里面是什么？"

"大雍国正五品以上官员名录及概况，主要是京城里的官员。我已经替你精心删选过了，只留下了一百多名官员。等一下我一句一句读给你听，你全部背下来。"

凌楚楚顿时炸毛了："我不要！背那七个从来没见过面的姐姐的情况还不够，现在还要我背一百多个不相干的人的情况？你们是想故意整死我吧？"

站在旁边看热闹的胡九辰冷冷地回答她："进监牢，还是背书，你自己选吧。"

凌楚楚沮丧地垂下了高昂的头颅。

此时，站在另一边的卷嬷嬷一个巴掌拍在她脑袋上，吼道："给我把头抬起来！你马上要承袭你爹的相位，这样垂头丧气、没精打采的，像什么样子？"

好凶！

碍于卷嬷嬷的威势，凌楚楚只能忍着不满，慢慢抬起头。

不料背上又挨了一记铁砂掌，凌楚楚差点儿没吐出一口老血来。

卷嬷嬷再次厉声喝道："挺胸！"

"谁让你挺肚子了！丑死了！给我吸气，收回去！"

卷嬷嬷又一个巴掌拍下去的时候，凌楚楚终于忍无可忍："喂，你干吗摸我的屁股？"

"住嘴！'屁股'是能从你口中说出来的？"卷嬷嬷的老脸拉得又黑又长，"一国的相爷，言谈理应得体！"

天哪，凌楚楚快要被这个黑心的老嬷嬷摧残致死了！一会儿怪她站得不够端正，一会儿怪她坐得不够稳重，一会儿又怪她走路不够有官相……半天训练下来，她累得腰酸背痛腿抽筋，厚厚的棉袄早就被汗水浸透。

这时候，玩得满头大汗的瓜瓜回来了，小脸红彤彤的。

凌楚楚朝他看了一眼，苦闷的心思顿时散了。

卷嬷嬷这才冷冷宣布："今天下午的集训暂时结束，晚上继续。"

凌楚楚目瞪口呆："晚上……还要继续？"

"不然呢？晚上背你大姐的脾气喜好，背不好不准睡觉！"

凌楚楚彻底崩溃了。

第二章

人生如戏，全靠演技

十余天后，凌楚楚跟着胡九辰一行人，抵达了大雍的京城建安。

这是一座历经六代沉浮的古都。清晨的太阳刚升起不久，红彤彤地挂在天上，巍峨高耸、坚硬冰冷的城墙，似乎也披上了一层柔柔的光辉。

凌楚楚回想这十多天的经历，简直可以用"九死一生、命悬一线"来形容。九爷和卷嬷嬷两个人轮流折磨她，硬是逼着她将那八本册子的内容死记硬背了大半，差点儿要了她半条命。

如今，她要凭着这点儿东西来京城闯荡，真不知道前途会是什么样。

胡九辰安慰她说："别担心，不会有人发现你。"

凌楚楚还是有点儿紧张："真的不会有人来抓我？"

"你现在穿的是女装，如果真有人找来，也绝对不可能怀疑到你。"胡九辰肯定道，"瞧我给你选的道具，绝对掩人耳目。"

凌楚楚回头幽怨地看了一眼自己肩上的背篓，还有背篓里的一堆蘑菇，没有说话。早晨出发的时候，这位爷突然把她从轿子里赶出来，让卷嬷嬷取代她舒舒服服坐进轿子里不说，还硬逼着她换上了一身村姑的碎花裙装，让她背着一个沉重的篓子，勒得她的肩膀都快断了。

胡九辰解释说，外人谁也不知道，真正的小相爷，其实是个女孩子，何况还是一个背着一篓蘑菇进城的村姑。

凌楚楚不同意："穿女装就非要穿得像个村姑吗？我觉得，扮作坐轿子进城的富家小姐也不错呀！"

胡九辰嗤笑："你当京城的人眼睛都瞎了吗？有这么土的富家小姐？"

凌楚楚气得别过头，不想再跟他说话了。

他话音刚落，就听到远处传来一阵整齐划一的脚步声，伴随着金铁铮鸣声，朝他们而来。

凌楚楚定睛一看，心里顿时一个激灵。来者气势汹汹，领头那个穿着一身黑色铠甲，一把拔出剑来，朝天一指，大声喊道："大家跟我来，一定要抓住凌相之子凌楚楚！"

果然是冲着她来的！胡九辰这个乌鸦嘴，说坏人坏人就到！

瓜瓜问："楚楚，他们为什么要抓你？"

"因为……因为他们想抢我背篓里的蘑菇！"

简单直白的答案，可爱的弟弟一下子就懂了。原来这些坏人是强盗！

与此同时，场中的一群人已经将车队团团围住，叫嚷着要小相爷自己乖乖滚出来。胡九辰看热闹的心态又来了，在一旁幸灾乐祸地说："瞧你爹平时得罪了多少人，如今听说你要回来承袭相位，都要抓你。"

"可是，轿子里坐的不是我，是卷嬷嬷呀！"

"所以你应该感谢我救了你，趁着现在混乱，咱们快跑！"

"那卷嬷嬷呢？"

胡九辰不耐烦地瞪了她一眼，拽着她就跑。心想怎么会有这么不自量力的人，自己都还没有逃离危险，还关心别人死活，真不知道是善良还是傻。

胡九辰带着凌楚楚姐弟俩，专挑僻静人少的巷子走，绕了好久的路，终于在一个巷口停住了脚步。

巷口停着一辆马车，胡九辰催促凌楚楚赶紧爬进去："里面有男装，赶紧换上，我带你去见你爹。"

凌楚楚刚钻进马车，就有人从旁边屋檐上无声地飘落，跪在马车前低声道："影四见过小侯爷。"

　　来者功夫深不可测，但声音清脆悦耳，居然是个年轻的女孩子。

　　胡九辰手下的影卫是根据武功高低命名的，武功最高的是影一，武功第二的是影二，她的武功排到第四，在江湖上能胜过她的寥寥无几。

　　胡九辰皱眉说："如今我对外是相府里的谋士胡九，在外人面前，要称呼我为九爷，千万不要说漏嘴了。"

　　三个月前，他就来到了京城，千方百计混进相府，骗取凌相的信任，是为了拿到一样东西。只是没想到，在他成为凌相身边最重要的谋士不久，凌相就突然中风了，所有线索突然中断。

　　为了继续追查，他不得不出此下策，将凌楚楚从千里之外的乡野之地接回。

　　在查出真相之前，他的身份，绝对不能让任何人知道。

　　影四连忙点头道："影四明白。"

　　她低头想了想，又禀报道："属下按照您的吩咐，在那伙人逼近车队的时候，惊了车队里的马，让它们横冲直撞，悄悄掩护卷嬷嬷逃离。可是……"

　　"可是什么？"

　　"场面太混乱，待属下到事先约定的地方找寻卷嬷嬷时，却不见她的踪影。难道是出了什么意外？或者，被敌人抓去了？"

　　"不会的，卷嬷嬷虽然不会武功，但是为人机智，既然趁乱逃走了，肯定不会轻易被敌人抓住。"胡九辰笃定地说道，"她可能是发现了什么不妥，躲起来了。等她摆脱了麻烦，自然会来找我们会合的，不必担心。倒是我爹那边，有没有传话过来？"

　　"影三刚从北戎归来，老侯……老爷有话让他带给您，说凌相老奸巨猾，他有心藏起来的东西，您恐怕是找不到的。他劝您与其

在相府继续浪费时间，不如早日回他身边，为他分忧。"

胡九辰听到此处，眼中精光闪动，不知道又在盘算什么。他挥挥手，影四像一只鹰隼，轻盈地消失在屋顶，仿佛从来没有出现过一样。

胡九辰进了马车后，说要立刻带凌楚楚去相府，凌楚楚连忙探出马车，朝巷子口看了看，一个人影都没有。

他们跟卷嬷嬷约好如果走散，就到这里来会合，眼下这天色也不早了，卷嬷嬷还是没有出现。

她有点儿担心，那些坏人用那么多支箭对准轿子，要是真的放箭，卷嬷嬷岂不是死路一条？那个自夸在宫里待过十八年，历经多场宫斗没死，最终成功熬成老橘子皮后出宫的深宫老嬷嬷，福大命大，这一次应该也能够顺利逃过一劫吧？

胡九辰看到凌楚楚神情恍惚，不解地问："怎么了？"

"狐狸，你说……嬷嬷不会有事吧？"凌楚楚长长的睫毛垂落，藏着沉重的心事，一时疏忽，不小心脱口而出自己给胡九辰取的外号。

胡九辰眉头微蹙，一时间没有接话。

明明卷嬷嬷对自己那么凶残，逼自己每天扛着沙袋走官步，背错一个官员名字就要打手心，说一句粗话就不准吃饭，严苛到近乎变态。可是一想到卷嬷嬷可能遭遇不测，凌楚楚又忍不住难过和后悔……早知道，就该多听嬷嬷的话，少惹她生气。

气氛一时有些伤感，连瓜瓜都感受到她的情绪，蹲在她面前，仰着脖子看她。他拉了拉她的衣服，轻声问："楚楚，你怎么不高兴了？"瓜瓜乖巧温顺的样子，像一只小猫，让凌楚楚的心都软了。

胡九辰凉凉地开口说："凌楚楚，你该动身去凌府了。嬷嬷还没死呢，你要是敢哭哭啼啼被她看到，看她回头不揍你！"

"你怎么知道她没死？"凌楚楚眼睛突然一亮，"狐狸，你让手下人去打探嬷嬷的消息好不好？"

胡九辰冷笑："我是狐狸？那你是什么？老鼠？蟑螂？苍蝇还是蚊子？想动用我影卫的力量帮你查探消息？呵呵，凌楚楚，你想得美。"

凌楚楚被他呛住，知道是自己理亏，双手合十，连连道歉，低声道："只要你帮我查她的消息，说我是什么都行。"

胡九辰不耐烦地说："知道了！你赶紧去相府！卷嬷嬷是我请来教你的，她的消息自有我来打探。"

相府门前站满了拥挤的人，着各色官服的大臣嘈嘈杂杂地聊着天，场面十分壮观。

这些人都是凌相一党，他们提前得知小相爷今天要回丞相府，所以早早就在这里等待迎接。没有人见过小相爷，更不知道他长什么样，当凌楚楚和胡九辰出现时，没有一个人认得出她来。

反而有两个满脸凶相的劲装大汉横刀挡在了他们面前，异口同声地盘问："你们是何人？来这里做什么？"

胡九辰连忙将凌楚楚挡在身后，斥责道："瞎了你的眼，连小相爷的路都敢挡！"

有不少官员见过胡九辰，一下子就认了出来，这位可就是三个月前才刚进府就已经逐渐掌权的谋士胡九先生？

哎哟，这位主儿可是老相爷面前的大红人！他说是小相爷，自然就一定是！

大家纷纷朝胡九辰身后望去，只见一个身穿锦袍、气质脱俗的

贵公子，手里牵着一位眉清目秀的小孩儿，玉树临风地站立在道路中央，任凭周遭喧嚷，似乎都与他不相干。他只是抬头望着相府门前的牌匾，眉眼间乍看还真有几分老相爷年轻时的模样。

众人心念一动，顿时把她包围了，七嘴八舌地询问。

凌楚楚被他们吵得脑仁都疼了，她硬是憋着不开口，这对于话痨的她来说，简直是要命的事情。

胡九辰之前交代过，身为小相爷，一定要冷艳高贵，小喽啰们问什么都不要理。不开口的意思就是，不屑跟你们说，叫你们的头头来对话。

果然，就在她憋得快内伤的时候，突然有人高喊："让一让，让一让，大小姐来了！大家让一让！"

人群后面走出来一位姑娘，穿着紫色的绸缎面袄子，上罩大红马甲，头上金钗玉环摇曳，年纪比凌楚楚大一些，却有着与生俱来的贵气。

凌楚楚听到大家喊她大小姐，心里顿时明白了，这位是自己的大姐——凌凤喜。

册子中写了：凌府长女凌凤喜，是建安城中最负盛名的女子。出生之日，建安城中昙幽花尽数开放，相府上空紫云不散。

传言还有人曾听到龙吟凤鸣之声，当时有云游四方的道人路过相府，说相府将来要出一位皇后，可能就应在刚出生的千金身上。

凌相对道人的说法深信不疑，从小就把凌凤喜捧在手心疼爱，请了各方名师教养，将其培养得琴棋书画无所不通，一心只想着以后送她入宫当皇后，荣耀满门。

凌楚楚觉得有点儿尴尬，面对这位未来的皇后大姐，她实在不知道该说些什么才好。

哪知道，凌凤喜先板着脸开口问她："你自称是我爹流落民间的儿子，有没有凭证？"

凌楚楚连忙从怀里掏出了一个小盒子，这是娘亲生前交给自己的，说是爹留给娘亲的唯一念想。

她当时欢喜了老半天，想着或许有什么价值连城的宝贝能一下子帮助他们这个家一夜暴富，买房买地。为此，她特地洗手焚香，然后才打开盒子，结果没想到……

凌楚楚小心翼翼地从盒子里拿出一张纸，递到凌凤喜的手上。这张泛黄的纸年代已久，上面写着三个铿锵有力的大字：凌楚楚。落款是：凌如峰于洪历二十三年三月初七。

凌凤喜看了一眼纸上的字，脸色顿时变了。

靠得近的人瞅见凌大小姐脸上的表情，揣测道："假的？"

凌楚楚连忙分辩："怎么可能？这……这真的是我娘临终前……给我的。"

身边的胡九辰低声问："你确定，你娘真的说过，这是你爹留给你的凭证？"

"是……"凌楚楚越说声音越小，显然也没什么底气，因为她看到周围有人开始捋袖子了。

此时的她，被里三层外三层的凌相党羽包围，连撒腿就跑的后路都没有。

胡九辰瞧见苗头不对，连忙挡在凌楚楚身前，压低声音说："等一下要是真的打起来，我先掩护你。我会先用连环腿踹倒身后两圈的人，然后点他们外面那一圈人的穴，最后再把你丢出去。"

凌楚楚虎躯一震："丢……出去？"

那瓜瓜呢？也……丢……出去？

就在凌楚楚忐忑不安的时候，凌凤喜突然开口了，她语气坚定

地说:"真的。"

周围瞬间陷入了安静。

凌凤喜点头说:"爹有个习惯,凌家的每位子女,都会由他亲自取名并连同生辰写在纸上。我刚刚细细看过,纸是素云笺,墨是乌金,这两样物事向来是宫中御用,先皇只赏过我爹一人。字迹也是爹的没错。"

凌楚楚听得大气都不敢喘一下,眼巴巴望着凌凤喜道:"所以,你的意思是……"

"楚弟啊,你总算回来了!呜呜呜,咱们凌府,总算有男丁继承了!"刚刚还一脸庄重的大姐,突然一把抱住凌楚楚,哭得梨花带雨,哪里还像册子里说的那样,是个波澜不惊、见惯了大世面的名门淑女?

我的娘哎!差点儿以为今天小命要交待在这里,凌楚楚捂着心脏,有点儿缓不过来劲儿。

只短短一会儿工夫,锣鼓喧天,鞭炮齐鸣,相府门前变得喜气热闹起来。原本恨不得揍她的人,全都换了张脸似的,对她笑得那叫一个温暖如春。

凌楚楚在心里暗暗鄙夷,哼,难怪是奸相一党,个个都是眼神不好又只会见风使舵的浑蛋!

她正想着,这些浑蛋就在她面前跪了一地,异口同声地说:"下官等见过小相爷,恭喜小相爷回到相府,祝您玉体康健、福泽绵长!"

凌楚楚吃惊地张大了嘴巴。

更曲折离奇的事情还在后面,跪在凌楚楚面前的人开始分批请安:

"建安五虎见过兄长。"

"十杰见过干爹。"

"二十义见过干爷爷。"

这些人一开口，凌楚楚的辈分就噌噌往上涨。

册子里讲过，凌楚楚这个亲爹在朝堂之上弄权四十多年，大半个朝堂都是他的党羽，阿谀奉承者不计其数，其中有不少觍着脸巴结的，连姓都改了。比如眼前这些，就是传说中的"五虎十杰二十义"了，全都是她爹的干儿子、干孙子、干重孙……

每个人都热切地望着凌楚楚，眼里是对美好未来的浓浓憧憬。老相爷倒下了，小相爷又站起来了，漫漫官路又有了新盼头，寂寞人生又有了新意义！

就在这时候，突然有个小老头从府里嚷嚷着冲了出来："小姐，快！快来看！老爷，老爷他……"

"李管事，我爹他怎么了？"

"老爷，老爷他……"李管事跑得太急，上气不接下气地说，"刚刚大家在屋子里议论说，小少爷回府了，老爷不知怎么的，居然睁开了眼，自己爬着坐起来了！还吩咐奴婢带人过去！"

什么？相爷醒了！而且能说话了！

每个人脸上都是喜出望外、不可置信的表情。

凌凤喜挥了挥手，说："走，大家和我一起进去。"

李管事伸开双臂拦住，说："不行，老爷指名要见流落民间的亲儿子！"

凌楚楚吓得腿都软了，没有人告诉她，凌相会在这时候突然醒过来呀。她求救地看着胡九辰："狐狸……"

"放心去吧！"胡九辰给了她一个鼓励的眼神，并不打算陪她一起进去。

凌楚楚只好跟在李管事身后进了屋子，凌相歪靠在雕花红木的大床上，脸色蜡黄枯槁，面无表情地躺着，像一具失去生气的人偶。有个丫鬟正端着汤药到凌相嘴边喂他，听到有人进屋，他的头慢慢地动了动，在看到凌楚楚的瞬间，失焦的眼睛瞬间亮了起来。

李管事一下子就明白了凌相的意思，询问道："老爷，您是不是想让小少爷上前几步，让你看看清楚？"

凌相眨了眨眼，表示没错。

凌楚楚往前挪了一小步，李管事又把她往前推了几步。

凌楚楚心里特别紧张，只能默默祈祷凌相病得头昏眼花，看不清楚她的长相。

凌相瞪着眼睛，看了半天，喉咙里咕噜着发出一个奇怪的声音，也不知道想说什么话。

李管事又听明白了："少爷，老爷想问你娘叫什么名字。"

这个真把她难住了。从她记事的时候起，娘好像从来都没告诉过她叫什么名字。

"哦哦，不记得了？"李管事慈祥地安慰她，"没关系，那你叫什么名字呢？"

凌楚楚心里嘀咕，这个李管事是凌相肚子里的蛔虫吗？怎么对方一句完整的话都说不出来，他却能猜到对方的心思？

她小声地说："我叫凌楚楚。"

"喀——"凌相在听到这个名字后，突然不停咳嗽了起来，像喘不过气来似的，模样很吓人。

李管事吓了一跳："不好！大夫说，老爷要是喘不过气来，会很危险……"

凌楚楚也被吓坏了，她千里迢迢赶到京城来和亲爹相认，难道才见面就要阴阳相隔？

李管事推了她一把说："少爷，你在这里照顾老爷，我马上去喊人。"说完，他喊着"来人啊，快来人啊！"就冲出了屋子。

凌楚楚被推得一个踉跄，正巧摔在床头，疼得她"哎哟"一声，还没来得及站直，手腕就被用力攥住，吓得她魂都快掉了。

喘不过气来的凌相，此刻正死死抓着凌楚楚的手不放。他上气不接下气地说："你……你……不是儿子，你明明……是女……"还没说完，突然头一歪，没了声音。

凌楚楚脑袋里那根弦突然一下子崩断了，有个声音不停在耳边回响：死人了，死人了！

她的亲爹，死了。

他才刚刚认出自己，就死了。

心里突然好难过，那种感觉，和娘离开的时候好像。

凌楚楚想告诉自己，这个爹跟自己不亲，也从未养育过自己一天，根本就是个陌生人，不要那么难过。

可是，为什么，眼泪会不停地往外流？

李管事带着一群人冲进屋子的时候，凌楚楚正抓着凌相的手号啕大哭："爹啊，您怎么就这么去了？我才刚回来，还没来得及和您说句话，您怎么就不要我了？"

所有人看到这一幕，鼻子都酸了，胡九辰跑得快，最先到她身边安慰她："楚楚，节哀。"

他想要把凌楚楚的手和凌相的手分开，扶她起来，结果摸到凌相的手时，脸色一变。

"凌楚楚！你这个笨蛋！你爹根本没死，他只是晕过去了！"

这个……

悲痛的气氛顿时烟消云散，凌楚楚眼角还挂着晶莹的泪珠，窘得恨不得立马找个地缝钻进去。

大夫连忙上前帮凌相把了把脉，点头确认："相爷应该是因为与少爷久别重逢的缘故，情绪上受到刺激，所以再次昏迷了。"

"那还请大夫速速想办法，让咱们相爷早点儿醒过来呀！"

大夫摇头："这次刺激太大，相爷的病情更严重了，一时半会儿只怕很难醒过来。"

听了大夫的话，屋子里又七嘴八舌地乱成一团。

"相爷一定是因为与小相爷久别重逢，惊喜过度，所以才会又昏过去。"

不知道谁说了这么一句，凌楚楚有点儿心虚，惊是有的，喜却没有。凌相明明是看穿了她女子的身份，"嘎"的一下，生生气晕过去的。

她把胡九辰拉到一旁，说："我们赶紧趁乱逃走吧。"

胡九辰摇头："为什么要逃？刚刚相爷和你说了什么？"

"我爹已经看出来我是个姑娘了，要不怎么会又晕过去呢？都是被我刺激的！"

"对呀，你也说了，他又晕过去了。所以，这世上除了我和你，没有人知道这个秘密！"胡九辰拍拍她的肩膀，"事到如今，你正好可以留在相府，吃香的喝辣的。你也不想可爱的瓜瓜再回到乡下挨饿受冻吧？"

凌楚楚看着弟弟仰起包子脸看自己，心软了一下，可是直觉告诉她，留下来是很麻烦的决定。她摇头："我还是走吧……"

胡九辰冷笑，朝人群努了努嘴："你看他们答不答应你走？"

他说这话的时候，大家的吵嚷到了白热化地步，有个人说："相爷虽然倒下了，小相爷不是回来了吗？我们奏请皇上，让小相爷暂代相爷之位，一切问题都将迎刃而解。"

满屋子的人兴奋地望着凌楚楚，就跟狼盯着肉似的。

胡九辰小声提醒她："你确定要拒绝这么多人吗？你爹倒下了，你可就是他们最后的指望了。要是拒绝，就是毁了他们升官发财的梦想，他们不会这么轻易地放过你的。"

凌楚楚认真地想了想，只好妥协了。

捂着胸口的凌楚楚惊魂甫定。

站在她身旁的凌凤喜脸上却是喜忧参半的神情，忧的是老相爷的病情如此反复，不知道哪一天才能再醒来；喜的是，确认了这位"骨肉弟弟"的身份，这可是凌家的独苗呀！想到这里，她对凌楚楚温声细语，十分关怀，生怕委屈了对方。

出了屋子，两个人来到庭院内，跨过高高的门槛，就看到地上铺着长长的绒毯，穿过庭院，延伸至大厅。

庭院很大，前后整整齐齐地站了上百号人，一见到她们进来就齐齐鞠了个躬，声音洪亮地喊："小的们见过小相爷，见过大小姐！"

"免礼！"凌凤喜拉着凌楚楚，走到他们面前说，"这位就是相爷流落在外的儿子，我的亲弟弟凌楚楚，以后也是我们府里唯一当家主事的男人，希望大家尽心侍奉！"

"是！"

凌凤喜满意地点点头，转过头对凌楚楚说："已经给你安排了住处，以后你就住府内东南角的锦绣院，那里宽敞通透，景致也好。听说你要回来，我早早就让人打扫收拾过了。这八个丫鬟和

十六个家奴，都拨给你差使，以后在你院子里办事。"

凌楚楚吃惊地问："二十四个下人任我使唤？"

得到凌凤喜肯定后，凌楚楚有一种一夜暴富的感觉。二十四个下人是什么概念？原来她在大塘村住着的时候，村里首富李元霸家中所有长工、帮佣加起来，也不过才十几人。

托亲爹的福，她如今比李元霸过得还好了。

与相府中所有下人认识过之后，凌楚楚带着瓜瓜，去了锦绣院。不逛不知道，一逛吓一跳。相府可真大呀，光是锦绣院，就有十几间房间，除去卧房，还有会客厅、书房、小厨房……完胜李元霸家！

三天后，宫里来了圣旨。皇上听说凌相流落民间的儿子凌楚楚终于找着了，特地召见。

虽然早就知道，这次到京城来认爹不是这么简单的事情，但是她怎么也没想到，连皇上都被惊动了！

那可是皇上！

天底下最大的，就是皇上啊，随便说句话就可以砍人脑袋的！凌楚楚一大早眼皮直跳，感觉此去凶多吉少。

她委婉地向大姐和胡九辰表达了不想去的想法。

哪知道，凌楚楚一提到皇上，凌凤喜脸颊便飞起两朵红云，她娇羞地笑了："记得替我向皇上问好。"

这个……大姐，你醒醒，醒醒啊！

胡九辰也点头："小相爷快去吧！我会替你照顾好瓜瓜的。"

呜呜呜，又拿瓜瓜威胁她，真是浑蛋！

凌楚楚眼里噙着热泪，拉着瓜瓜的手，说："瓜瓜，姐姐舍不得你呀！"

瓜瓜正忙着吃酥油饼，他满嘴都蹭上了油，边吃边含糊不清地回答："楚楚，你快去吧！狐狸哥哥说，等你做了宰相，我就有更多酥油饼吃了。"

哼！没良心！只惦记着酥油饼，不管姐姐死活！凌楚楚感觉心像被浇了一桶冰水般凉，她狠狠瞪了胡九辰一眼。都怪胡九辰，她的弟弟变成了一个没心没肺的吃货！

胡九辰穿着一件火红的狐狸毛大氅，一双狭长的眼睛熠熠生辉，看上去更像一只狐狸了。偏偏这只"狐狸"还很坏心眼地朝她笑着说："瓜瓜有我照顾，你快去宫里领了差事回来。"

然后，凌楚楚就哭丧着脸，坐上了马车，朝皇宫而去。

凌楚楚第一次来到皇宫，抬头就看到一座座巍峨壮观的宫殿，掩映在红砖青瓦之间，高远的天空映衬着作背景，说不出的庄严肃穆。每一个人，在这重重深宫之内，都像蝼蚁般渺小。

凌楚楚跟着宫里的侍卫，进了金銮殿。她跪在皇上面前，说："草民凌楚楚，见过陛下！"还不忘悄悄瞄一眼，昭宁帝看上去竟是一个和胡九辰年纪相仿，面容俊朗的少年。他眉头阴郁地紧蹙，很不耐烦的模样。

昭宁帝刚想开口说话，底下就"哗啦啦"地跪倒了一片，全都是凌相一党的人。

一位官员抢先开口："皇上，这位少年，可不是普通的少年，他是凌相流落在民间的儿子！"

凌相流落在民间的儿子！这句话刚出口，金銮殿里顿时就炸开了锅。

右丞相樊国忠第一个不答应，他才不管这凌相的儿子是真的还是假的，直接板着脸训斥："大胆！凌相膝下无子这是整个朝廷都知道的事，这是哪里找来的骗子，敢冒充丞相之子？来人，给我把他拖下去！"

"住手！凌相大人为江山社稷呕心沥血，鞠躬尽瘁，是我大雍的大忠臣！他的儿子自然是忠臣之后！谁敢动！"也不知道是哪位大人睁着眼睛说了这么一句瞎话，殿上的侍卫们一听都不敢动凌楚楚了。

凌楚楚没有想到，凌相一党的势力有这么大，大家伙儿齐声说话，震得整个大殿都是回音。满朝都是自己人，感觉真是棒棒的！

一位官员猛地跪在地上，不停地磕着头说："皇上，凌相大人是累倒的，他还有许多政务没有处理完。微臣建议，让他的儿子凌楚楚继承相位，继续效忠朝廷！"

他的话说完，立马遭到了不少反对的声音。

樊国忠嚷嚷说："一个乡野小子，什么都不懂，继承相位，那不是拿江山社稷开玩笑吗？"

年纪稍微大点儿的文渊阁大学士，太傅宋大人也气得白胡子一抖一抖的："绝对不可以！若是让他误了国家大事，老臣情愿一头撞死在大殿上，以全名节！"

昭宁帝见大臣们七嘴八舌地争论不休，一时举棋不定，他早就看凌相不爽了。凌相把持朝政，一手遮天，已经威胁到了自己的帝位。

原本想要借着对方这次中风，对凌相的党羽下手，没想到突然冒出一个亲生儿子来。据说昨天凌相突然神智清醒了一下，见了亲生儿子一面又激动得昏了过去。

眼看宋大人就要往殿前柱子上撞，昭宁帝连忙开口道："朕已经有了决定。凌相之子凌楚楚初来京城，要是一下子就做宰相，很难让大家心服口服，不如先做个副相，帮助樊丞相一起处

理国事。"

说这话时，昭宁帝心里一直在冷笑。所谓的副相，不过是挂个名而已，没什么实权，此策不过是暂时稳住凌相手下的人，等过些时日，再想个办法，将凌氏一党一网打尽。

凌楚楚听了，顿时惊呆了，她真的做丞相了？这是真的吗？

说书先生说过，那是一人之下、万人之上的人呀！除了皇帝就数丞相最大了！虽然是副相，但是也是丞相啊！

她不敢置信地掐了自己的大腿一把，疼得"哎哟"一声，真的不是在做梦。

真是个土包子！皇帝嫌弃地皱了皱眉，明明很讨厌凌相，对他儿子也没什么好感，但是还要装作和颜悦色地问："爱卿可是身体有什么不舒服？"

凌楚楚傻笑："没……我……就是太高兴了！"

站在一旁的樊国忠瞪了她一眼："没规矩！皇上面前，要自称微臣！"

凌楚楚懊悔地低下了头，一时激动，之前的规矩都白学了，要是卷嬷嬷在，又要拿尺子打她了。

昭宁帝微笑："以后，各地呈上来的折子，由你和樊老相爷一起替朕先过目。"

啊？看奏折！凌楚楚傻眼了，这下麻烦大了……

下朝之后，怀里揣着任命她为副丞相的诏书，凌楚楚哭丧着脸走出了金銮殿。

激动之后，是无穷的后悔与担忧。原本以为当丞相是很有面子的事情，结果要她以后看奏折，这不是要命吗？

凌楚楚一边发愁一边往马车上爬，身后突然有人喊她，她回过

头看到十几位官员朝她走来。每一位都很面熟，是凌相一派的几个年轻精干的人物。

大家兴奋地说："恭喜小相爷，贺喜小相爷！这样大的喜事，一定要去酒楼庆祝！"

她本来急着回相府，但是拗不过一群人的起哄，又想到之前在大殿上大家都为自己说了不少话，脑袋一热，脚下不由自主地跟着大家一起走了。

马车上，一群人有说有笑，凌楚楚很快就记住了每个人的名字。尤其是为首的那个看上去营养不良叫魏无忌的人，瘦瘦高高像竹竿似的，据说是凌相的得力助手。大姐出门前曾经交代过，这个人很忠心可靠，让凌楚楚有事多和他商量。

想到这里，凌楚楚不自觉地挪动了几下屁股，向他靠了靠。

魏无忌对京城里各家店的好吃的、好玩的如数家珍，凌楚楚光听了几个酒店的招牌菜名，就忍不住咽了好几口口水。

她心想：大姐说得没错，魏无忌是个可以商量事情的人，以后要多和他一起商量去哪里吃饭。

在魏无忌的安排下，他们很快就坐进了闻名京城的酒楼天然居的雅间里。

天然居的竹叶青闻名天下，一坛价值千金。

她之前在乡下喝过米酒，从来没醉过，所以"艺高人胆大"起来。众人向她敬酒，她也来者不拒地回敬，竹叶青很好喝，甜甜的，她很喜欢！

这一喜欢，就喜欢到停不下来。

菜才上了一半，她身边的酒坛子就已经空一个了。她的脑袋开始犯晕，肆无忌惮地拍着胸膛许诺，等她坐稳了丞相之位之后，给每个人都升官。

酒席上一片欢乐，隔着屏风的歌姬边唱着小曲边弹起了琴，唱的是江南名曲《紫竹调》，吴侬软语，婉转动听。

凌楚楚听得如痴如醉，等到曲子结束，不停鼓掌赞叹："唱得太好听了！"

魏无忌点头："这莲心姑娘，唱曲是全京城都有名的。才来一年，就已经成了天然居的招牌，许多达官贵人排队来这里，就为了听她唱曲子。"他见凌楚楚喜欢，连忙命人打赏了莲心，同时又点了一支新的曲子来唱。

只是这回曲子才唱了一半，门就被人狠狠踹开了。

一个人闯了进来，身上带着浓浓的酒气，走路也跟跟跄跄，嘴里不停喊着："莲心呢？莲心出来！敢躲着我柳少爷，小心我一把火把你们天然居烧了！还不给我滚出来！"

来者身穿绣着金色花纹的紫红色长袍，长相虽然普通，但凭着一身鲜亮的皮裘，在一群人里也显得十分扎眼，一看就是个有钱有势的公子哥儿。

莲心就不敢再唱小曲了，从屏风后面慢慢挪出来，柳少爷嚣张道："乖乖跟本少爷回府去做小妾，包你吃香喝辣，享尽荣华富贵！"

这也太蛮横霸道了吧？大家不由得皱起了眉头。

那位莲心姑娘，虽然吓得小脸煞白，却一步也没有挪动。很显然，她并不想跟对方走。

柳少爷见她这样，顿时大怒，说话也更难听了："再不走，看我不扒了你的皮！"

莲心姑娘"扑通"跪在了凌楚楚面前，说："公子，求您救救

我！这位柳公子素来残暴，在京城是出了名的，要是跟他走，他会把我折磨死的！"

凌楚楚有点儿为难，她本来不想多管闲事，可是对方态度恶劣，闯进他们的雅间在先，现又要强抢民女。何况，这莲心姑娘唱的曲儿特别好听。

魏无忌凑到她身边，轻声说："这位柳少爷叫柳思祥，本身没什么本事。但他爹是当今的户部尚书，手握权柄，威风得很。我看没必要得罪。"

呃，连魏无忌都知道他，看来名声很臭。凌楚楚也压低声音问："户部尚书是几品官？"

"二品。"

"二品的户部尚书和我这个副丞相比呢？谁的官更大？"

"这……当然是小相爷你的官更大。"

一听说自己的官更大，凌楚楚感觉腰杆硬气了。这就好办多了嘛。

这时，凌府门下的一位官员正在帮莲心姑娘求情，才开口说了一句，脸上就挨了柳思祥一记耳光。碍于柳尚书的面子，这位官员不敢还手。

柳思祥得寸进尺，一个耳光还嫌不够，左右开弓，一边打一边骂："你算什么东西，凌府的人又怎么样？凌相那个老不死的，如今跟废人似的躺着。管他以前多威风，如今也护不住你们！还敢跟本公子较劲儿？乖乖把莲心交出来，不然……"

话还没说完，柳思祥的腮帮子上就挨了狠狠一记重拳，痛得他半边脸都麻木了。他想开口骂，眼眶又挨了一记，眼冒金星，眼泪直流。连揍他的人都没看清，拳头便像雨点一样落了下来。

下手的是凌楚楚，她借着点儿酒劲，把自己之前拳打李元霸的

本事全都拿了出来，一边打一边恶狠狠地说："我让你嚣张，我让你打人，我让你说我们凌府的不是，我让你说我爹坏话，看我不揍你……"

雅间里所有人都震惊地围观着眼前的这一幕，一个年轻瘦小的少年，把一个比自己足足高出一个头的男子揍得鼻青脸肿、哭爹喊娘。

京城里好久没有出过这么热闹的事情，那画面太精彩，他们好喜欢看……

凌相门下，个个都是拍马屁的高手，看到小相爷替自己人出头，唯恐天下不乱地鼓掌起哄。

"小相爷威武！"

"小相爷身手了得！文武双全！"

"小相爷除暴安良，是我辈楷模！"

凌楚楚陶醉在欢呼喝彩声中，这一刻她觉得自己就像是戏词里的英雄少年，当街痛打恶霸太带劲儿了！

相反，柳思祥从小到大没受过半点儿委屈，第一次被人打，还是在这么多人面前，这张脸算是彻底丢到午门外了，气得他翻了个白眼，直接昏了过去。

"小相爷，快看，柳思祥晕过去了！"

凌楚楚一看，果然，她有点儿得意地问魏无忌："你说，我要不要把他丢到大牢里去再关几天？"

魏无忌额头冒汗："这，不大好吧……"

把人家户部尚书的宝贝儿子打成这副德行，肯定是结下仇了，还要关起来，户部尚书会不会带人冲到相府去打架？魏无忌生怕凌楚楚再闹出点儿什么大事来，赶紧劝她回府休息。

凌楚楚打了个哈欠，时候不早，的确有点儿犯困了。她吧嗒着嘴，回味着刚刚竹叶青的滋味儿，说："嗯，这酒很好喝，替我搬一坛回去。"

大家伙儿很快就散了，留下一堆残羹冷炙，还有孤零零地躺在冰冷的地上、不省人事的柳思祥……

第二章——人生如戏，全靠演技

第 三 章

小相爷酷、狂、霸

凌楚楚坐着马车回去，一会儿工夫就到了，她慢慢从马车上爬下来，怀里还抱着一小坛子竹叶青，心里美滋滋的。

天边的落日余晖之下，相府门前，站着一高一矮两个身影，凌楚楚只看轮廓就认了出来，是臭狐狸牵着她的弟弟瓜瓜。

瓜瓜一看到凌楚楚，开心得又蹦又跳："楚楚回来了！"

胡九辰早就收到影卫传来的线报，知道凌楚楚在酒楼大大耍了回威风，所以特地来府门外等她。

看见从马车里出来，喝得醉醺醺、走路东倒西歪的凌楚楚，他的眼神顿时凛冽得像藏了刀似的。

凌楚楚一个激灵，酒醒了大半，她这才想起来，早上出门的时候，胡九辰曾经交代过，要她一下朝就回来。

结果，她没想到皇上会封她做这么大的官儿，一高兴，跑去喝酒庆祝了。

胡九辰板着一张臭脸，身上散发着寒气，凌楚楚连忙跑到他跟前举起手中的酒坛子，献宝似的开口说："狐狸，我今天，当丞相了呢！还有酒喝……"

话说到这里，打了一个酒嗝，胡九辰险些被这浓浓的酒气熏晕，冷冷问道："又打架了？"他第一次见到凌楚楚的时候，就看到她把一个恶霸垫在屁股底下胖揍。

今天，和那次一样，袖管卷得高高的，连衣服都扯开线了……

"啊？什么？没有啊！"

凌楚楚发现装聋作哑都是白费力气，胡九辰那眼神，像看着一个傻瓜。

狐狸就是狐狸，做什么都瞒不过他。

她终于败下阵来，老老实实承认："我在天然居和人打架了。"

"你以为这还是在大塘村吗？随随便便可以动手打人！"胡九辰毫不客气地在她脑袋上赏了一记栗暴，怒斥道，"连尚书家的公子都敢打。凌楚楚，你还真是越来越出息了呀。"

凌楚楚吓了一跳："你怎么会知道？"

胡九辰第一次这么疾言厉色，他从来没有对她发过火。哪怕她逃跑、偷懒、耍赖、犯浑，他都只是连哄带骗、威逼利诱，没有真的凶过她。

可是今天，他很生气。

更让他生气的是，凌楚楚即使被吓得脸色发白，依然在忙着找借口。

"我没错！那个姓柳的，当众欺凌酒楼的姑娘，所以我没忍住……"

"只是几句话说得让你心里不高兴，你就要打人？"胡九辰冷笑，"凌楚楚，你这张扬跋扈的性子，果然和你爹一样！日后等你坐稳了丞相之位，权柄在手，你是不是要杀了所有胆敢藐视、辱骂你们凌家的人？"

"当然……不可能……"凌楚楚的声音弱弱的，头也低了下去。她知道，她今天的确是冲动了点儿。

胡九辰板着脸教训她："这件事不会这么快就过去的。柳尚书是个死要面子的人，宝贝儿子被人打成这样，肯定忍不下这口气。"

"那……他要怎么才能忍下这口气？"凌楚楚有些抓狂，只不过打了个人而已，大不了自己乖乖让柳尚书打一顿好了。

胡九辰给了凌楚楚一个鄙视的眼神，告诉她："要么，你爹病好了，从床上爬起来上朝去。柳尚书不敢跟你爹叫板，肯定会忍下这口气。"

凌楚楚掰着手指，觉得这是不可能的事情。

"要么，他去皇上面前告你一状，当众行凶、殴打命官之子，再加上你爹的那些政敌一起煽动。嗯，肯定要下天牢……"

天牢！凌楚楚被这个词吓得倒吸一口凉气："那不是重罪之人才会被关的地方吗？什么谋逆、杀人之类的……"

"殴打朝廷命官家属，还不算重罪？"

这个……胡九辰说得太有道理，她竟无言以对！

胡九辰继续说："进了天牢，先打一顿板子，打得你屁股开花，等你屁股上的伤好了，差不多判决也该下来了。最后估计不判个流放青宁塔，也得脸上刺个字，再发配北坎放羊二十年。"

流放！毁容！发配放羊二十年！

听说，北坎那地方荒无人烟，发配的都是犯大罪的人。

凌楚楚脑补了一下自己挥着小皮鞭在草原放羊的情景，冬天的风刮在脸上如刀割，满地臭烘烘的羊粪，也没有人能和自己聊天，她突然觉得有点儿喘不过气来。

胡九辰冷笑着问凌楚楚："怎么，现在知道怕了？"

这真是个伤感得要命的傍晚，凌楚楚嘴巴一扁就想要哭，可是瓜瓜在一旁眼巴巴地看着，她老脸一热，生生忍住了眼泪。

情况已经很明朗了，眼下只有狐狸九才能救自己一命，凌楚楚相信，他那么诡计多端，绝对有本事摆平麻烦！

只是，需要自己出卖尊严，没有骨气地求他。

要脸，还是要命？这是个严肃的问题。

只是眨巴两下眼睛的工夫，凌楚楚已经果断做好了决定，骨气和尊严算什么？

以后再捡回来就是了！

于是，她合身一扑，一把抱住胡九辰的大腿，说："狐狸，你一定要救我啊！"

见过脸皮厚的，没见过脸皮这么厚的。

胡九辰抽动了两下双腿，发现被凌楚楚抱得死死的，只能柔声哄道："你放开我，站起来好好说话。"

"不，我不放！你不想个主意救我，我绝对不放！"

胡九辰觉得自己的太阳穴一抽一抽的，疼得厉害，他怎么这么倒霉，摊上这么个大麻烦？

凌楚楚把瓜瓜送回相府后，坐上了胡九辰的马车，往柳尚书府驶去。

车夫抄了近路，一盏茶不到的工夫，就到了目的地。

胡九辰主动替她掀开了马车帘子，拉着她下了马车，连打退堂鼓的机会都不给她。

凌楚楚磨磨蹭蹭地在马车旁站了一会儿，然后硬着头皮走到了柳府门口。

柳府门口两只硕大的铜狮子，在阳光的照射下闪着金光，门口的匾额、对联全是描金的字体，就连门两旁站着的下人，也是一身金色衣饰。

一切颜色，都是统一的金色，凌楚楚第一时间联想到的，除了金子，还是金子。

这柳尚书，果然不愧是掌管国库的有钱官呀！

胡九辰见惯世面，自然没有凌楚楚那些乱七八糟的联想，他只是在被柳府门口两个下人喝止时，略微皱了皱眉。

其中一个下人把凌楚楚和胡九辰从头到脚地打量了一遍，虽然两个人都穿得不错，可也看不出多有钱的样子，于是态度很傲慢地问他们："有府里出入的令牌吗？"

凌楚楚摇头。

"那拜帖呢？"

凌楚楚又摇头。

那个下人更不想搭理他们了，不耐烦地挥手，像赶两只苍蝇似的说："去去去！尚书大人也是你们能见的？赶紧滚，不要逼我放狗！"

凌楚楚耐着性子说："这位大哥，我是当朝副宰相，跟你们柳大人同殿为官，有要事见他。"

"呵呵呵！十几岁的副宰相？年纪比我们老爷还小，官儿做得比他还大？你当我们是傻子吗？"凌楚楚还没来得及解释，对方就翻脸了，"放狗！"

然后，府中传出几声凶狠的犬吠，只见十几条高大凶猛的黑色獒犬从府中蹿了出来！

凌楚楚吓得脑袋一片空白，幸亏胡九辰反应快，一把拉住她的手，大声说："快跑！"

胡九辰拽着凌楚楚，一路狂奔，两个人的耳边只听到呼呼的风声。他们在弯弯绕绕的小巷里钻来钻去，却也没有甩掉身后的"追兵"。

一会儿工夫，凌楚楚就跑得上气不接下气，腿像灌了铅似的沉重，她气喘吁吁地说："跑……跑不动了……"

"快点儿，追上来了！""不，不行，我真的……真的跑不动了。"凌楚楚一屁股瘫坐在了地上，这时候，她看到两条跑在最前头的恶犬很快就追上来，朝着自己恶狠狠地一扑！

凌楚楚吓得用力闭上双眼，心想，这下完蛋了！

她才刚来到繁华的京城，刚刚见到亲爹，还没来得及享尽荣华富贵，没来得及吃遍京城美食，没来得及让瓜瓜过上好日子……

难道，就要这么去了？她不甘心啊！

胡九辰看凌楚楚受的教训差不多了，以后应该不敢再在京城胡作非为了，于是出手收拾了这几条恶犬。

万千思绪，从凌楚楚的脑袋里匆匆掠过，然后"嗖嗖"几声轻微的响动过后，周围突然变得安静了。

凌楚楚睁开眼，惊讶地发现，原本追着自己跑的獒犬全都倒在了地上，一动不动。

每一只獒犬的身上，都插着一支小小的银箭。

谁能告诉她，刚刚一会儿工夫，究竟发生了什么？

凌楚楚正胡思乱想，一个黑衣人从天而降，跪在她和胡九辰面前，恭敬地说："影四来迟，请小……"

胡九辰听到她说了一个"小"字，心里暗叫一声不好，这是要把自己身份给说出来的节奏啊！

他连忙抢过话说："请小相爷恕罪是吗？说起来你也算是她的救命恩人，她怎么可能会怪你来迟了？"

凌楚楚紧绷的情绪放松了下来，她慢慢从地上爬起来，并没有注意到胡九辰的心思，正回味着面前这位黑衣人的声音，怎么这么清脆悦耳，像是个姑娘？

正嘀咕着，直到胡九辰用手指戳了戳她的手臂，她才反应过来："啊！对，你救了我的命啊，我要好好谢你才对！"

影四摆摆手："不用不用，保护九爷和九爷的朋友，是我的职责。"

胡九辰若有所思地打量了一会儿影四，然后点点头，说："以后，你就不用跟着我了。"

什么？这是要赶自己离开？影四受到了不小的惊吓，连忙扯下面巾说：“我……我……最近我没犯错啊。”

她一扯下面纱，就露出了她的真面目，居然是个年纪和凌楚楚差不多大的小姑娘，白白净净的一张圆脸，露出手足无措的表情，看上去有点儿呆，有点儿愣。

虽然影四武学天赋极高，跟了胡九辰也有三年了，但是也没少闹出些鸡飞狗跳的事情来。

可以说，在惹祸这方面，影四跟凌楚楚有异曲同工之妙。

让两个迷糊虫凑到一起，也算是以毒攻毒吧？

胡九辰想到日后她们可能闹出来的笑话，就觉得日子突然有了满满的期待，但他不想让她们知道自己怀着这样不厚道的想法。

所以他认真地看着影四，解释说：“我不是让你离开，而是要你以后留在小相爷身边保护她。这个任务很艰巨，需要一个特别特别……靠谱的人来承担，你能做好吗？”

影四也认真地看着胡九辰，点点头说：“放心吧，我的靠谱你是知道的！”

“呃……呵呵，是……”靠谱才怪！

“只要我影四还有一口气，就不会让小相爷受到一点儿伤害！”

“啊？真的吗？太好了，太好了！”凌楚楚雀跃不已，有种天上掉馅饼砸到自己脸上的感觉，以后身边有这么个武林高手在，就再也不需要害怕了，以后在京城横着走啊，有没有？

胡九辰似乎看穿了她的心思，凉凉地开口说：“影四，你记着，以后只能护着小相爷，但是绝对不能帮她揍人，要是她被人揍了，你也不要轻易插手，只要保证她死不了就行。”

怎么会有这么小气的男人？

心眼这么多，一定是从小都被欺骗着长大的吧？

凌楚楚恶毒地想着，生怕胡九辰再出幺蛾子反悔，拽着影四怎么都不肯撒手。

她笑眯眯地说："从此以后，你就跟着我啦。原来跟你们九爷的时候叫影四？这名字也太难听了，我给你重新想一个吧？"

看影四没反对的意思，凌楚楚认真想了一下，四……有种很好吃的丸子，好像叫四喜丸子……她眼睛一亮，拍着手欢欢喜喜道："以后你就叫四喜吧！"

"太好了，我又有一个名字了！"四喜开心地拍手，抬头冲凌楚楚一笑，脸颊上露出两个深深的酒窝，稚气又可爱。

凌楚楚的登门道歉以失败告终。

不仅连柳府的大门都没能进去，还结下了害死对方家里那么多条獒犬的血仇，柳尚书肯定不会原谅她了。

不过，这些都不重要。

重要的是，她收获了一个武功高强、天真烂漫的圆脸小丫鬟。

考虑到当上副丞相之后政务繁忙、日理万机，会有很多不认识的字和看不懂的奏章，凌楚楚把胡九辰也带回了丞相府，安排住在自己院子的客房里。

这样，她以后就可以高枕无忧啦！

但是她没想到，胡九辰一住进来，她就失眠了。

天知道胡九辰哪来那么多手下，大晚上的还要赶过来跟主子汇报情况。

苍茫的夜色下，一个个武功高强的黑衣人"嗖嗖嗖"地飞过屋顶，朝着客房而去，就跟进了自己家一样随便。

凌楚楚躺在床上，听着这"嗖嗖嗖"的声音，翻来覆去睡不着，最后实在忍不住了，把四喜喊来，问："你们九爷身边一共有

多少个暗卫？"

四喜不确定地说："没有五百，好像也有两三百吧……"

什么？这么多！凌楚楚抓狂地想，那今晚还让不让人睡了！

凌楚楚在床上翻来覆去一整夜，等到东方的天空都已经发白了，鸡都叫了，才睡过去。

上朝的时辰逼近，相府的小丫鬟们到小相爷屋子外面催了三遍，可是里面一点儿回应都没有。

大家面面相觑，谁都不敢进去打扰，最后只好把小相爷身边新晋的红人四喜推进了屋。

四喜一进屋，就看到凌楚楚歪在床上呼呼大睡，口水流得枕头上到处都是，睡姿扭曲得像一只大螃蟹，连忙用力摇醒了她。

一群人冲进来，七手八脚地帮凌楚楚洗脸换官服，把她塞进官轿的时候，她还在打瞌睡。

这时候，金銮殿里，早朝早就开始了。

早朝的话题很无趣，什么年关将近京城盗窃案件频发、犬戎国又在边疆蠢蠢欲动之类的，昭宁帝听得有点儿烦躁，他的心思全在凌楚楚身上。

他昨天刚刚提拔的副丞相凌楚楚，今天没来上朝！

就在这时，户部尚书柳毅从百官队伍中站了出来，躬身说："臣有本奏，新晋的副宰相凌楚楚昨日在京城赫赫有名的酒楼天然居殴打犬子，致使其重伤，还请圣上做主，还臣和犬子一个公道！"

他的话像在一潭死水中丢下一块大石头，满朝文武顿时来了精神，腰也不酸了，背也不疼了，再也不犯困了。

大家幸灾乐祸地想，新任的副丞相，还没把位子坐热乎，就开始惹事了？

昭宁帝也有点儿犯晕，还没等到他出手，凌楚楚就先行自己找死了？

他琢磨着这是个给凌相一党添堵的机会，不能错过，所以板起脸道："京城一向治安极好，怎么会有恶人行凶？如果是真的，一定要严惩！"

话音刚落，凌相一党的官员个个把头摇得跟拨浪鼓似的，死都不承认他们的小相爷会干出这种事情来，起哄指责柳尚书胡说八道，污蔑朝廷命官。

就连樊右相，明明很瞧不起自己的政敌，也只是凉丝丝地来了句："无凭无据，不能乱说的，柳尚书你可别忘了，论官阶，凌小副相还高你一级呢。"

官大一级压死人，这个道理柳尚书当然明白。

可是他就那么一个宝贝儿子，平时骂都舍不得骂一句，由着他在京城横行霸道，哪知道出门调戏个唱曲儿的少女就被打得跟猪头似的，这京城还有没有王法了？

他只想着打人是犯法的，一点儿没觉得自己儿子调戏民女也是犯法的。

他招了招手说："来人，把我家祥儿抬到殿上来！"

顿时有两个侍卫，抬着一个竹制的担架，走了进来，担架上那个人全身缠满了白色的布帛，连脸也被裹了起来，刚被放下，就疼得"哎哟哎哟"地叫唤。

满殿的文武百官看了，纷纷倒吸一口冷气："把人都打得变形了，这下手的人该有多心狠手辣呀！"

魏无忌看得直纳闷，昨天他明明亲眼看到，小相爷只是把对方

打得昏迷了，虽然眼圈瘀青，面部肿大，但是也没有像今天血肉模糊这么严重，难道昨天小相爷后来又回去，补揍了几拳头？

魏无忌想得不对，但是也近了。

其实，这事真跟凌楚楚没什么关系，都怪柳思祥这小子平时坏事干得太多，恨他的人也多。

听说他昏倒在天然居，一传十、十传百，人们都往天然居的厢房赶，很快就把柳思祥围了个水泄不通。

大家平时受够了柳思祥的窝囊气，早就想揍他了，也不知道是谁先起了个头，趁柳思祥昏迷，补了两拳头。

然后局面就有点儿控制不住了，大家你一拳，我一拳，打得很开心，人们很快就把那张脸打得惨不忍睹。

这大概是京城有史以来最齐心协力的"围殴"。

看着儿子的惨状，柳尚书那张老脸，哭得眼泪纵横："我苦命的儿啊！你不过是上个街，看个风景，怎么就被恶人害成了这样？"

魏无忌为首的一群人忍不住翻白眼，如果不是顾忌着在皇上跟前，他们早破口大骂了。

呸，上街？看风景？这老东西真敢说。

说起来，小相爷呢？人家都污蔑到眼前来了，怎么也不见小相爷站出来辩解两句？

就在这时候，昭宁帝冷笑了一声，说："别找了，你们的小相爷，今天还没到。"

他的话刚说完，就听到"哎哟"一声，站在最后几排的官员跟约好了似的，一起摔趴下了。

凌楚楚摔在最上头，乌纱帽都摔出几丈外了，头发乱得像鸟窝

似的，完全没有一点儿官员该有的样子。

昭宁帝看得嘴角直抽。

凌楚楚傻笑着说："皇上，微臣来了。"

她刚下轿子，一路冲进金銮大殿的时候，柳尚书已经哭到了第三个小高潮。

感觉到大殿里的气氛有点儿诡异，她一边平复着剧烈奔跑后的喘息，一边站在人群最后面，试图装作早就来上朝了。

可是步子迈得有点儿急，她一下子没收住，刚好撞到排在最后的那位五品小官身上，连带着后面几位大臣一同摔倒在地。

弄出这么大的响动，想低调也来不及了。

昭宁帝冷笑道："来得正好。凌副相，刚刚柳尚书说你当众殴打他的儿子，有没有这回事？"

金銮殿安静了下来。

魏无忌等人把心都提到了嗓子眼，生怕小相爷说错话，让柳尚书拿着了把柄。

其他人，都是抱着手在一旁看热闹。

她才刚当上副相，要是承认了，文武百官还不得以为她是一个多凶残霸道的人，以后还能交到朋友吗？

想到这里，凌楚楚斩钉截铁地说："当然没有！"说这话，她十分理直气壮。

那能叫当众殴打吗？一群百姓围观了，才叫当众，可她明明是关起门来把对方揍了一顿啊！

顶多算是滥用私刑吧！

柳尚书一听，急了："皇上，她胡说！昨日傍晚，她还来微臣府上道歉，如果不是做错事，为什么要主动上门？"

他一提这事凌楚楚就生气，她好声好气地去道歉，结果被刁奴为难，还差点儿被凶猛的獒犬咬死。这种丢脸的事情，她打死都不会承认。

"微臣昨天绝对没有去柳尚书府上。"

"胡说，你明明去了！"

"你有证据吗？你亲眼见到我了？"

"这个……"柳尚书迟疑了，是自己府上看门的两个小厮跟他说的凌楚楚上门拜访了，所以他的确没有亲眼见到。

这么一犹豫，凌相一党顿时抓住了机会，起哄说他造谣污蔑朝廷命官，这顶帽子扣得有点儿大，他吃罪不起呀！柳尚书的额头上冒起了汗，心想这下完蛋了。

就在这时，一个黄莺般清脆响亮的声音在殿外响起："皇帝哥哥，上个月你才说好，要给我安排一个伴读，陪我去国子监读书，怎么到现在都没有消息？"

橘黄色的阳光从殿外斜斜照进，那个人就在这光影中快步走来，居然是个娇俏的小姑娘。

只见她穿着一身鲜亮的锦缎衣裳，上面绣着各色花朵，给这单调的环境增添了几分春色。

凌楚楚羡慕地看了看她的衣裳，真的好漂亮，头上的首饰也好看，衬得原本就很精致的五官越发秀美。

这样完美的小姑娘，全天下的女孩子都会羡慕她吧？

她正想着，周围的朝臣纷纷跪了下来，整齐地朝着小姑娘行礼："臣等参见燕飞公主！公主千岁千千岁！"

见状，凌楚楚也手忙脚乱地跟着跪下来行礼，她在民间早就听说燕飞公主。

燕飞公主是太后唯一的女儿、当今皇上的亲妹妹，身份尊贵，深受恩宠。

昭宁帝见到妹妹来殿上，有些不悦："皇兄正和朝臣议事，你怎么突然跑来喧哗？都是母后把你惯的，越发无法无天了。"

燕飞公主露出调皮的笑容，不但没有把昭宁帝的训话放在心上，反而撒娇道："皇帝哥哥居然骂我，小心我告诉母后，你让我受委屈，我要出宫，不当这个公主了！"

"胡闹！"

"我可不是来胡闹的，是来跟皇兄讨要伴读的。"燕飞公主嘟着嘴，伸出白皙柔嫩的小手，做出一副讨要的姿势，"你说好要给我找伴读的，忘了吗？"

"这……"说起伴读这件事，昭宁帝就更觉得头痛了。自己这位妹妹实在是刁蛮任性，明明已经有十几个官家小姐陪她读书，偏偏还不满意，非要挑年轻的臣子一同去国子监读书。

说是读书，还不是为了玩闹？

自己先后给她安排了十几位有为青年伴读，全都被她捉弄得不肯在国子监待下去了。

满朝文武都知道公主的恶名，还有谁愿意去国子监陪读？

他正想着，目光转了转，落在了凌楚楚身上，眼睛顿时一亮。这个该死的凌楚楚，明明打了人，可有那么多凌氏党羽保她，陪着她一起睁眼说瞎话，自己根本拿她没办法。

可是，如果让他去陪燕飞读书，以燕飞的顽劣性子，定能让对方吃尽苦头。

想到这里，昭宁帝笑眯眯道："你要的伴读，眼下就有一个。朝中新晋的凌副相，年纪和你差不多大，读的书也少，需要多学习，就让他每日早朝后去国子监陪你读书吧！"

凌楚楚听了，吓得一屁股坐在地上，念书！她一看到书本就打瞌睡！皇上要这么折磨自己吗？

一定要打消皇上的念头才行。她想了想，没有别的好办法，只有孤注一掷了！

凌楚楚打定主意，突然"扑通"一下跪倒在殿前，接连磕了好几个响头。

"皇上，您对我真是太好了。"凌楚楚抬起头，装作满脸真诚感动的样子，"可是我有罪，柳尚书的儿子……是我打的！"

"大胆！"昭宁帝气得一拍龙椅，"枉朕这么信任你，器重你，你居然做出这样粗野的事情来！如此，更是要罚你了！"

"对对对，罚我，罚我，我不配陪公主读书！"凌楚楚的头点得跟小鸡啄米似的，内心欢呼雀跃。让她回家禁闭一个月吧，不要早起上朝，也不要读书了！

可是，昭宁帝压根没有如她所愿，反而冷笑道："就罚你陪公主读书吧。"

昭宁帝心里很明白，这位凌副相愚蠢无能，满嘴谎话，就该让他去国子监，由古板迂腐的太傅替自己收拾他，也算是解气！

凌楚楚愣住了："皇上，您不是要罚微臣吗？怎么反而让我去读书？这不正常呀！"

昭宁帝不理会凌楚楚，挥了挥手，散了朝。

满朝文武神情惊愕地看着凌楚楚跪倒在大殿上哀号："皇上！您三思呀！"

昭宁帝散朝之后，虽然在御书房里批了两个时辰的奏章，但朝会上的事一直在脑海里挥之不去，越想越感觉胸口堵得慌。

满朝文武有大半都是凌相党羽，一个个都上赶着拍凌相马屁，

把持了整个朝政，自己根本没有做主的权力。

如今老凌相好不容易倒下，他以为能挺直腰杆了，结果又来了一个小凌相，还让不让他好好当皇帝了？

沉吟许久，昭宁帝从书桌里拈出一根云罗香点上，氤氲缭绕，不一会儿屋子里就都是淡淡的清香，他躁动不安的心情仿佛随着这香气慢慢归于平静。

重重帷幕深处，突然浮现一抹极淡的身影，跪在地上说："皇上。"

"仙师刚刚也隐身朝堂之上看到他们相争了，有没有办法证实凌楚楚不是凌相之子？"

"这……"

昭宁帝听到对方犹豫，有些丧气："连仙师都没有办法，难道要朕眼睁睁看着凌相一党继续在朝堂之上猖狂？"他原本想着利用这次机会，给凌相一党狠狠一击，结果还是要落空。

仙师感受到昭宁帝的焦虑，安慰说："皇上，在你没有把握之前，一定要沉住气，千万不能贸然对凌相一党下手。"

"哼，我忍得还不够吗？你速去查一查这个凌楚楚，到底是从哪里冒出来的，一旦有半点儿错处，朕立刻把他处置了！"昭宁帝意气难平，说这话的时候，眼中闪动着杀意。

帷幕深处的身影，不知何时消失了，仿佛一切，都只是一个梦，一场幻觉。

那厢，凌楚楚听了昭宁帝最终的决定，感觉像是三九寒天从头顶浇下来一盆冰水，心都凉透了。

散朝后，她一路狂奔回相府，在胡九辰面前使劲抓狂："为什么是读书？我一个字都不认识，还要读那么厚的书，这不是让我比

死还难受吗？"

　　凌楚楚正想着要不明天请个病假，但胡九辰一眼就看穿了她的小九九，冷冷开口道："不读书，你什么时候才能真正参与朝政？从明日起，每天散朝后，你都要跟随宋太傅在国子监学习两个时辰。如果你敢称病不上朝……"

　　凌楚楚被他森寒的笑意吓得打个冷战，连忙求饶说："好啦好啦！我明白啦，我去，去还不行吗？"

第四章
公主门前欢乐多

第二天早晨，鸡才刚叫，四喜就奉了胡九辰的命令，来到凌楚楚房中催她起床。

经历了捏鼻子、掀被子等各种"酷刑"，凌楚楚终于扛不住了，从温暖的被窝里爬出来，更衣、洗漱，然后哈欠连天地坐着轿子去上朝。

今天朝堂上官员们就中元节该不该祭拜吵成一团，凌楚楚躲在角落里，睡意一阵阵上涌。

散朝后，文武百官浩浩荡荡地离开，只剩下她一个人抱着大殿一侧的柱子，睡得口水直流。

冷不防，脑门上挨了狠狠一记，凌楚楚睁开眼，看到胡九辰正黑着脸瞪她，见她终于醒了，甩过来一张手帕。

凌楚楚擦了擦嘴角的口水，好奇道："咦？你怎么来了？你也需要上早朝吗？"

"笨蛋！你看看周围，还有人在吗？早就散朝了！"胡九辰气急道，"你大姐果然冰雪聪明，你才进相府没多久，她就把你的性子摸得透透的。她猜你今天肯定要偷懒逃学，所以特地让我持着她的入宫金牌来找你！"

凌楚楚看了看四周，空空荡荡一个人都没有。什么时候散朝的，自己居然一点儿都不知道。

她有点儿不好意思地挠了挠头："狐狸，你真是太有本事了，连我躲在大殿里睡着了，你都能找得到。"

胡九辰嫌弃地看着她："你的呼噜声太吵了，除非是聋子才找不到。"

凌楚楚羞愧地低着头，心想这下完了，她睡觉居然还有打呼噜的坏毛病？

也不知道刚刚早朝的时候，同僚们听到了没，实在太……太不

好意思了！

胡九辰心里笑翻了，这个小笨蛋，也太好骗了，随便说什么都信，就这样笨的脑袋瓜，也能算是奸相凌如峰的女儿？

凌楚楚不想读书，她抱着柱子耍赖道："晚点儿去行不行？我不喜欢读书啊！"

胡九辰冷酷无情的声音就在她脑袋上方盘旋："凌楚楚，你要是再不去国子监，我就让你再也见不到瓜瓜。"

凌楚楚顿时蔫了，这只狡猾的狐狸，永远知道怎么让她乖乖就范，只要搬出瓜瓜来威胁就好了。

她相依为命的可怜的弟弟，是她人生中最大的……败笔！哦不，是软肋！

凌楚楚跟在胡九辰身后，慢慢走出大殿，心情沉重得犹如奔赴刑场。

金銮殿到国子监并不远，只是隔着两条宫道和一条长廊，可就是这么点儿路，依然走了好久。

凌楚楚走得腿都酸了，一边捶一边问："我以后能不能让轿夫进宫来送我？"

"不能。"回答她的时候，胡九辰连头也没回。

凌楚楚撇撇嘴："那让四喜进宫来陪我好不好？她会轻功，背着我说不定能快点儿到。"

"也不能。"胡九辰的背影冷漠地对着她。

凌楚楚终于忍不住："那你为什么能进来？我不要你陪着我，我要换别人！"

"是你姐指定我来送你进出国子监。不然，你以为我愿意陪你来？"胡九辰停下了脚步，终于回头看着她，不耐烦地说，"到

了，你该进去上课了。"

凌楚楚抬头，发现真的到了一处宫殿，头顶正上方就是宫殿的牌匾，除此之外殿门口还有其他宫殿所没有的门联，书卷气息扑面而来。

她走进国子监，看见里面有三间屋子，屋子外面站着三四十个太监宫女，每个人都如同木头人，一动不动。

胡九辰告诉她，这些都是燕飞公主身边伺候的人，公主读书的时候，他们只能在屋外候着。

如今一见，果然名不虚传。出来读个书也要三四十个人伺候着，排场也太大了。

胡九辰实在瞧不上凌楚楚这副没见过世面的样子，说："我先去宫里到处转转，等你放学了，我再来接你回去。"

得了，这还跟她耗上了，凌楚楚中途逃课的念头被彻底掐灭了。

凌楚楚还没走进去，就听见燕飞公主清脆利落的声音，她正在念一首诗："潮平两岸阔，风正一帆悬。海日生残夜，江春入旧年……"

凌楚楚探头看了看。

燕飞公主穿着一身桃红色的夹袄，袖口衣领都是雪白的貂绒，整个屋子里的人都是穿着暗色，只有她像一朵盛开的花朵，照亮了整个屋子。

所有人的目光都不禁落在她身上。

凌楚楚光顾着看燕飞公主漂亮的衣服，没留神脚下的门槛，一下摔倒在地。

凌楚楚揉着屁股心想，地板好硬呀，幸亏衣服穿得多。

她闹出的动静惊动了屋子里的人，众人纷纷朝她看了过来。

宋太傅非常生气："凌副相，你到底是怎么回事？老夫这节课都快上完了，你才姗姗来迟，给我到门外站着！"

凌楚楚红着脸，在众人的注目下，慢慢地走出了屋子。

刚刚站定，宋太傅就在屋里粗声粗气地嚷："你干吗堵在门口，站远点儿，屋子里的光线都被你挡住了！"

她只好悻悻地退到了屋檐底下。

屋子里，宋太傅正高声朗诵一篇千字文，念得摇头晃脑，看来这堂课没有一个时辰不会停了。

凌楚楚走了会儿神，实在听不懂，只好蹲到一旁的屋檐底下晒了会儿太阳。

这期间，她一直盯着院子里站着的那群太监、宫女看，看了好久，终于发现一件奇怪的事情，他们居然一动不动！别说手指头都没抬起来过，就连眼睛都不带眨一下的。

凌楚楚忍不住好奇，跑到一个小宫女面前，挥了挥手："喂，你能动吗？"

小宫女一动不动，好像完全没有听到她说话。凌楚楚又捏了捏她圆圆的脸蛋，暖暖的，不是木头人儿呀，这到底是怎么回事？

天哪，该不会是中了邪吧？凌楚楚使劲掐了对方一把，只听"哇——"的一声，小宫女嗓门响亮地哭了。

凌楚楚手忙脚乱，却又有点儿欣慰，终于有反应了啊！

小宫女跪在地上，"呜呜呜"地哭着说："奴婢该死，奴婢该死！"

"啊？怎么突然就该死了？"凌楚楚扶着她说，"快起来，哪有这么严重？"

小宫女连忙躲开她的手："不，不，奴婢该死。饶命啊！"

凌楚楚正一头雾水，身后突然有个声音响起："你是该死！"

声音很好听，也很熟悉。凌楚楚转过身，燕飞公主不知道什么时候站在了她的身后。

之前凌楚楚只是觉得她衣服华美精致，如今近距离一瞧，燕飞公主圆圆的一张脸，飞扬的眉毛，丹凤眼，贵气十足，是个小美人坯子。

燕飞公主站在书屋门口，不悦地说："这么高声喧哗，该拖下去打板子！"

"公主饶命啊，公主饶命！"小宫女哭着喊着，扒拉着院落里的青石地板，终究还是被两个人高马大的侍卫拖下去了。

凌楚楚连忙替小宫女求情："刚刚是微臣把她吓哭了，求公主放过她。"

"放肆！本公主想罚谁就罚谁，你管得着吗？"燕飞公主眉毛竖起来，顿时有几分皇室威仪。

凌楚楚想了想燕飞公主背后的太后和皇上，突然觉得公主就该是这么刁蛮任性的。

她点点头，说："公主说的是，打吧！"

燕飞公主惊讶地瞪着凤眼，心想，难道自己情报出了问题？她细细打量了凌楚楚一番，有点儿失望，是谁告诉她，凌小相爷最爱打抱不平？

胡说八道！分明和其他大臣一样胆小如鼠。

"没意思。还以为你会继续替小蜘蛛求情来着，那样我就有借口说你大胆犯上，然后打你一顿板子。没意思，不好玩。"

横行宫里十多年，连一个胆敢忤逆自己的人都没有，燕飞公主感觉自己真是寂寞如雪。

听说小相爷爱打抱不平，她让小蜘蛛入定，故意引凌楚楚上

钩。谁知凌楚楚一点儿也不敢反抗她。

燕飞公主遗憾地挥挥手说："把小蜘蛛放了吧。"

侍卫们手脚麻利地将那个叫小蜘蛛的小宫女放了。

小蜘蛛跪在地上不停磕头："谢公主不杀之恩。谢公主，奴婢以后一定感恩戴德、涌泉相报、鞠躬尽瘁、死而后已……"

凌楚楚听得汗颜，皇宫可真是个人杰地灵、卧虎藏龙的地方呀，随便一个小宫女，都比她有文化。

燕飞公主不耐烦地打断了小蜘蛛："没完没了，吵死了，退下吧。本公主今天心情好，要玩游戏。还有，新来国子监读书的那谁，也一起吧！"

"我？"凌楚楚惊讶地指着自己，差点儿以为自己听错了，燕飞公主居然邀请自己一起玩游戏？这是好事呀，可是为什么大家的神情都有些奇怪？

一时之间，她成了众人目光的焦点，根本顾不上多想。

卷嬷嬷昨晚念叨了好久，说燕飞公主脾气差、爱欺负人，见到一定要绕着走，真是危言耸听。

凌楚楚亲眼见到的公主不仅长得漂亮，还平易近人，她有信心，待会儿游戏的时候多让对方几把，她们的关系一定会更融洽。

这个很傻很天真的念头，让凌楚楚在接下来的游戏中吃尽苦头。

第一轮，比弹琴。凌楚楚完全没弹过，在大家的怂恿下硬着头皮上场，一起手就弹崩了三根弦。

第二轮，比下棋。凌楚楚也不会，听小蜘蛛讲了三遍规则后才敢落子，结果一败涂地。

第三轮，比书法。七八位千金一出手，颜筋柳骨，各有特色。

凌楚楚以前常看村里秀才写字，心想虽然没有亲手写过，应该也不是什么难事。结果毛笔在她手里完全不听使唤似的，写出来一堆歪歪扭扭的笔画，像毛毛虫爬过。

第四轮，比画画。有的千金画花鸟，有的千金画虫鱼，还有的千金画人像，一个赛一个好看。这回凌楚楚终于懂事地弃权了。

琴棋书画，每一项都是最差。凌楚楚脸皮再厚，也总算知道丢脸是什么感觉了。

更丢脸的是，按照游戏规则，赢家要在输家脸上涂鸦。

凌楚楚听了，把头摇得跟拨浪鼓似的："不行，顶着这个，我等下怎么出门见人？"

燕飞公主挥挥手，命人按住凌楚楚的手脚和脑袋，带头在凌楚楚脸上画了一笔，随后大家七手八脚地围住了凌楚楚，你一笔我一笔，最后在她脸上画了一个圆滚滚的大王八。

小蜘蛛拿镜子给凌楚楚看，告诉她，这些官家小姐都是京城一等一的才女，画工也是一等一的细腻传神。

凌楚楚暗暗点头，就连那绿豆大的小眼睛都画出了几分猥琐的感觉，千金们果然都是才女啊！

虽然被恶作剧了，但是眼下搞好同学关系比较重要。先忍忍，等下用水洗洗就干净了嘛！

凌楚楚刚安慰自己道，小蜘蛛又告诉她，这墨水是徽州进献的贡品，遇水不化。

凌楚楚感觉五雷轰顶，连忙拉住对方问："你的意思是，我脸上的墨水洗都洗不掉？"

小蜘蛛为难地点点头，不敢告诉她，这是公主特地吩咐下人这么做的。公主已经用这招整过好多千金了，这次刚巧轮到这位小相爷倒霉。

"那怎么办呀？"凌楚楚皱着一张滑稽的花脸，喃喃道，"顶着这张脸，我以后怎么见人？"

小蜘蛛好心地安慰她说："小相爷，您放心。这种墨水虽然麻烦，但是过了三天就会失去效果，到时候您再洗，就能干净了。"

三天！她每天还要上早朝呢，怎么等得了三天？

凌楚楚垂着头，在千金们的窃笑中灰溜溜地走了，刚出国子监大门，就看到胡九辰站在门口。

她都来不及用袖子遮一遮脸。

胡九辰捧着她的鹅蛋脸，使劲揉搓挤压，凌楚楚的脸型就在他的手中一会儿变成"鞋拔子"，一会儿变成"猪腰子"，疼得她眼泪都出来了："放手，你快放手，我的脸哟！"

胡九辰把她的脸皮都搓红了，也没搓下一块黑墨来，终于发现哪里不对劲儿了，他皱着眉头道："这是徽州上贡的墨？居然擦不掉。"

"狐狸，怎么办？"凌楚楚眼眶红红，装出一脸悲伤的样子，"脸上被画成这样，明天我怕是要称病，不能再上朝了。"其实她心里好开心，终于可以睡到日上三竿了！

胡九辰眯着狭长的凤眼，细细打量了她几下，突然咧嘴笑了。想偷懒不上朝，门儿都没有！

因为离得近，凌楚楚可以清清楚楚看见胡九辰露出的八颗整齐闪亮的牙齿。

不知道为什么，一看到对方笑，她就有点儿心虚，好像心里那点儿小九九早就被这只狐狸看透了。

胡九辰胸有成竹地说："你放心，我有办法。"

凌楚楚被他拖着，顿觉不妙。

她死死赖在原地不肯走，不断号道："狐狸，你放了我吧！求求你，让我在府里休息两天吧！我已经好久没有睡个囫囵觉了！"但终究还是被拽上了马车。

中途路过一家店铺，胡九辰拖着她下了车。

凌楚楚抬头看了看牌匾，只有一个字是她认识的："什么红什么什么……"

"桃红胭脂铺！"胡九辰鄙视地看了她一眼，冷冷挖苦道，"连字都认不全，还敢跟燕飞公主玩游戏，活该脸上被画王八！"

如果是往常，凌楚楚一定会狡辩几句。

可是今天才刚刚丢过脸，还没捡回来。

凌楚楚没脸顶嘴，只能夹紧尾巴做人，跟在胡九辰的身后往里走。

从铺子里迎面走出来一个女孩子，手里提着大包小包，见到凌楚楚先是一愣，然后失声惊叫："楚弟！你的脸这是怎么了？"

大姐？凌楚楚没有想到，随便在路边进个胭脂铺子也能和大姐碰上，饶是她脸皮够厚，也不由得红了脸。

凌凤喜暴跳如雷："告诉我，谁画的？"究竟是谁吃了熊心豹子胆，胆敢欺负凌家的独苗。莫非真以为父亲病倒了，凌家就没有人了？

凌楚楚怯怯地看着凌凤喜，一时不敢接话。

凌凤喜看到凌楚楚吞吞吐吐的样子，还以为他是怕自己难过，不敢说出实情。

想到他从小流落民间，不知道吃了多少苦，好不容易回到家认祖归宗，就立马继承父亲的官位，在朝堂上面对那么多政敌，凌凤喜鼻子一酸，忍不住红了眼眶。

站在一旁的胡九辰瞅着时机，替凌楚楚回答："今日早朝之后，我送小相爷去国子监上课，转身出去看了会儿风景。据说，小相爷是遇上了燕飞公主和她的几个陪读，做了场琴棋书画的比赛游戏，然后就被画成了这样。"

他看热闹不嫌事大，还不忘添油加醋地说："燕飞公主果然才貌出众，就连她的陪读都是才女，小相爷今天只是第一天上学，比不过也是难免的，大小姐你不必放在心上。"

"哼，公主和几个陪读？仗着念了几天书，就能作弄我这第一天上学的弟弟？简直欺人太甚！"

凌凤喜怒气冲冲地将手里的东西推到凌楚楚手里，捋了捋袖子说："你等着，长姐为你去讨个公道！"

话音刚落，就跟枚炮弹似的冲了出去。瞬间跑得没影儿了，哪里还追得上？

凌楚楚只好跟着胡九辰进了胭脂铺。

胡九辰一进门就大喊："掌柜的，拿你们店里最名贵的珍珠美颜如玉粉包起来，要一斤！"

胡九辰告诉凌楚楚，这玩意儿能遮掩脸上的墨迹，她一问价格，顿时倒吸一口凉气："这……这也太贵了吧？不行不行！不能买这么多。狐狸，先买半斤吧，试试看，有效果咱再买。"

胡九辰不以为然道："你脸大，涂一层起码要用去三两珍珠粉。要一斤我已经是保守估计了。"

凌楚楚顿时语塞。

胡九辰说的没错，由于相府的伙食实在太好，每天三顿鲍鱼、燕窝，吃个没完，她的脸比在大塘村那会儿足足胖了一圈。

买了一斤珍珠粉，胭脂店的丫鬟忙活了大半个时辰，凌楚楚终

于顶着一张洁白无瑕的脸蛋回到了相府。

如果说之前是没脸见人，那此刻就是重见天日。要不是怕眼泪弄花了脸上的粉妆，她真想大哭一场。

刚进门，四喜看见凌楚楚就跟见了鬼似的，说话都不利索了："少爷，你……你……你的脸……"

"什么？我的脸怎么了？"凌楚楚慌张地捂着自己的脸蛋，下意识地想找面镜子来照，"是不是又变回去了？"

四喜一头雾水地看着她在屋子里团团转，忍了又忍，终究没忍住道："少爷，您是不是生病了？怎么脸色惨白惨白的？"

听了四喜的话，慌乱的心终于安定下来，凌楚楚将信将疑地摸了摸自己的脸，问四喜："真的很白？"

"对呀，您早上去上朝的时候还红光满面，怎么回来就这样了？"四喜关切地摸了摸凌楚楚的额头，不烫。再摸摸手，也不凉。

凌楚楚想了想，一本正经地解释说："可能是最近忙于朝政，导致血气不足。"

话还没说完，胡九辰就不给面子地笑了。

凌楚楚愤愤不平地瞪了他一眼："笑什么笑？难道不是吗？"

"小相爷说什么，自然就是什么。"胡九辰看了看凌楚楚的脸，真的挺白，胖嘟嘟的，跟个白面馒头似的，看得他忍不住伸手戳了戳，顿时掉下一层细细的珍珠粉屑来。

凌楚楚心疼地想，这掉地上的珍珠粉屑，也值好几两白银吧？

嗯，这几天就不要洗脸了，不然洗掉的可都是钱啊！

一天过去了，凌凤喜一直没回来，凌楚楚有些担心，直到晚上，李管事进来禀报说："大小姐已经回来了。"

李管事话刚说完，凌凤喜就冲了进来，她身上犹带着外面的寒气，脸蛋却红扑扑的，一见到凌楚楚就兴奋地说："楚弟，今天长姐给你好好出了口气，看以后国子监里还有谁敢欺负你没念过书。"

凌楚楚腹诽，你弟弟我如今也在国子监念书好吗？

见长姐平安归来，悬着的一颗心终于悠悠落地。她连忙问："你去见燕飞公主了吗？你没跟她吵架吧？"

"怎么可能？"凌凤喜笑眯眯地说，"我可是京城赫赫有名的才女，怎么可能做这么不体面的事情？"

凌楚楚"哦"了一声，心想自己真是小人之心。

"我也跟她们玩游戏了，就你们白天玩过的那个游戏，她们每个人，都和我玩了哟！"

"结果呢？"

"你猜。"

凌楚楚看了看长姐的脸蛋，未施粉黛，一个墨点也没有。她猛地反应过来，不信地张大了嘴巴："你没输？"

"什么叫没输？"凌凤喜不满地纠正她，"我是从头赢到尾，好不好？"

全赢了？这回不只是凌楚楚，就连四喜的脸色也变了。

在国子监念书的女孩子，少说也有十几个吧？

这些女孩子不仅出身名门，而且资质极好，经过文太傅细细选择才能进入宫中给燕飞公主陪读。个个在京城都是小有名气的才女，全都被凌凤喜比下去了？

凌楚楚忍不住问道："你也给她们脸上画了王八吗？"

"怎么可能？"凌凤喜撇撇嘴，"都说了我不会做不体面的事情，你还问这么笨的问题。我只是在他们每个人左脸上用隶书写了

个'丑'字，右脸上用楷书写了个'笨'字，是不是很风雅？哈哈哈！跟你说哦，你长姐书法可是一流的水准，当然啦，琴棋画也很棒啦！哈哈哈！"

凌楚楚不想扫了长姐的兴致，附和着哈哈笑几声，脸上的表情却比哭还难看。

完蛋了，每个人脸上都被写字了，其中也包括燕飞公主吧？这下梁子结大了！

怀着忐忑的心情，凌楚楚做了一夜的噩梦，梦里面燕飞公主勃然大怒，让八个身形粗壮的大内侍卫按住自己，先掌嘴，再杖刑，然后灌辣椒水………把宫中十大酷刑全都尝了个遍。

凌楚楚不停磕头求饶，醒来发现自己哭得枕巾都湿透了。

四喜端着脸盆进来催她起床，吓了一大跳："少爷，你的眼睛这是怎么了？还有，你的脸！"

提到脸，凌楚楚突然从混沌中惊醒，从床上跳起来找镜子："快！让我看看，我的脸怎么了？是不是又花了？"

镜子里的人，双眼肿得像核桃似的，脸上原本厚厚的一层粉经过一晚上的泪水冲刷，也消失不见，露出大半只活灵活现的王八来。

看到自己这副鬼样子，凌楚楚悲从中来，嘴巴一扁，差点儿又要哭出来。

"少爷，少爷，您这是又要哭吗？你千万忍住呀！"

凌楚楚忍住悲痛，取出昨天买回来的珍珠粉，让四喜均匀地抹在脸上。

她心疼地想，这可都是银子啊，就因为做噩梦哭了一场，全没了。

几两银锭子花掉后，她对着镜子左照右照，和昨天一样，一点儿痕迹都看不出来，这才神清气爽地出门上朝去了。

今天的早朝比昨天还要无聊，满朝文武忙着吵架和向皇上告状，居然没有一个人发现她脸上涂了厚厚的粉。凌楚楚感觉既紧张又激动，还有一丝淡淡的知己难寻的寂寞。

直到她去国子监上课，才突然意识到，又要见到燕飞公主了。

第四章——公主门前欢乐多

第五章

我只想当一个安静的美少年

凌楚楚忐忑不安地站在国子监门口，犹豫不决，一想到自己昨天是怎么被捉弄的，她就觉得来上课简直是折磨。

跟在她身后的胡九辰推了推她，说："还在磨蹭什么？一会儿迟到的话又要站外面了。"

这时身后传来一声不屑的冷哼，凌楚楚转过头，看到一个姑娘戴着斗笠面纱站在自己身后不远处，这样的穿着打扮实在很奇怪，难道是因为最近京城风沙大？

姑娘身后还跟着十几个小太监小宫女，排场简直和燕飞公主一样大，也太放肆了吧？凌楚楚连忙跑过去，扯了扯对方的衣袖，想要提醒她。

结果姑娘毫不领情，嫌弃地甩开了她的手："你干什么？"

嘿，脾气还挺大，看来是个新来的，不懂事。

凌楚楚心想，我可是小相爷，比二品官还大呢，哪能跟你个小丫头片子计较。

于是她戳了戳对方的斗笠边沿，摆出一副过来人的姿态，教训说："你是哪家的千金？你说你是不是傻呀？来宫里陪公主读个书还带这么多人，有没有认清自己的身份？"

凌楚楚没注意到，自己一开口，所有人都惊住了。

胡九辰在她身后低声咳嗽了一下，提醒她："小相爷，其实这位就是……"

"我当然知道她是新来的陪读。"凌楚楚说得正起劲，不满胡九辰打断自己，回头瞪了他一眼。

前几天不是刚刚约好的吗？虽然私下没人的时候他可以使劲欺负自己，但是在大庭广众之下，他必须得装作是自己的小厮随从，怎么又忘了？

作为一个合格的小厮随从，胡九辰闭上了嘴巴，心里暗暗叹

气，眼前这位就是如假包换的燕飞公主啊！你居然当成是新来的陪读，还说人家傻，你不只傻，还瞎。

凌楚楚教训"新人"起了劲，难得逮着一个比自己还新的新人，她感觉自己终于不是一个人了，于是她开始掏心掏肺地跟对方说自己的感受："我这是为你好你知不知道？那个燕飞公主心眼又小，脾气也坏，关键她还一肚子坏水。你弄这么大排场抢了她的风头，回头怎么死的都不知道……"

"小……小相爷……"人群中有个小宫女怯怯地打断她，"您……快别说了……"

"我说的是实话！"凌楚楚心里有点儿不高兴，怎么如今的随从都是这么不懂事的吗？

主子讲话也敢打断。咦？这位小宫女好眼熟呀！

凌楚楚瞪着她，憋了老半天终于认出来，惊喜地嚷嚷道："你不是那个小蜘蛛吗？"

"是，奴婢是小蜘蛛。"小蜘蛛擦了擦额头上的冷汗，心想，认出自己就好，就不会乱讲话了。

可是，她想错了，凌楚楚看到她之后，觉得自己找来了一个现成的证人。

她指着小蜘蛛，对"新人"说："看到了吗？这位小宫女，昨天差点儿就被那个恶毒的公主迫害致死，所以才会另投明主跟了你。"

一旁看热闹的胡九辰"扑哧"一声，差点儿被自己口水呛到，他刚刚没听错吧，"另投明主"这种成语居然从凌楚楚的嘴里蹦了出来？

斗笠面纱下的燕飞公主再也听不下去了，虽然她惊讶于凌楚楚脸上那个小乌龟的突然消失……

可是，凌楚楚的话让她火冒三丈，完全没空细想。

她气冲冲地打断凌楚楚道："来人呀，给本公主把这个大逆不道的贼子拿下！"

被这么一呵斥，凌楚楚终于清醒了，眼前这位哪是什么新人，分明就是她刚刚"诽谤"的燕飞公主本人啊！

这一刻，她好想给燕飞公主跪下！

求她高抬贵手，饶了自己。

可是，已经太晚了，她还没来得及喊一声"公主饶命"，就被两个五大三粗的小太监狠狠按在了地上。

燕飞公主活了十五年，从小到大，上到母后皇兄，下到嬷嬷宫女，没有一个不是变着法子夸自己的，什么闭月羞花、沉鱼落雁、才华横溢，听得她耳朵都快长茧子了。

从来没有人敢说她半句坏话，还是当着面的。

这个凌楚楚，简直罪该万死！不对，死太便宜他了！

还他的那个姐姐凌凤喜，从小就顶着皇后命格的谣言，在京城招摇过市。

也不想想他们凌家的名声有多坏，奸臣之女，居然也敢染指凤位，根本配不上皇帝哥哥！可是，皇帝哥哥偏偏纵着她，由得她出入宫里欺负自己，简直不能忍！

想到这里，燕飞公主挥了挥手说："拖下去，先打五十大板！"

五十……大板？这是要活活打死的节奏啊，别了，瓜瓜，我那可怜的弟弟。

姐姐今天是凶多吉少了！凌楚楚满心悲凉。

出于贪生怕死的本能，凌楚楚扒着地砖的边缝死都不松手，口

中喊道："救命啊！公主，微臣知错了。微臣真的不知道是您呀，要是微臣知道，绝对不会说出这些心里话的！你饶了微臣吧！呜呜呜！"

胡九辰"扑哧"一声，又没忍住，被这个活宝逗笑了。

他不笑还不要紧，一笑正好落到燕飞公主眼里，气得她哇哇大叫："反了反了，这个狗奴才居然还敢当面嘲笑本公主，来人啊，把他也抓起来！"

又来了两个五大三粗的小太监，想要把胡九辰也拖下去。

可是，还没等他们碰到胡九辰，就突然惨叫一声，一个眼窝青黑，一个鼻子淌着血，显然是吃了大亏。

胡九辰站在原地，笑眯眯地说："公主乃金枝玉叶，怎么可以刁蛮任性、滥用私刑？我家小相爷毕竟是朝廷命官，就算有什么不对，也该由圣上处罚。您还是放了他吧。"

"不放！"

"不放我可要动手了。"

"居然敢威胁本公主？来呀！你们全都上，给我抓住他，一定要打到他屁股开花！"

燕飞公主一声令下，所有小太监都冲上来了。

十几个人，围成圈，却连胡九辰的衣角都摸不到。

看着胡九辰身手矫捷地在人群中躲闪，燕飞公主感觉脸上有点儿挂不住了，这么多大内高手，居然连一个相府的奴才都比不过。

所有人都在抓胡九辰，反而没人管凌楚楚了。她悄悄地猫着身子，逃离了混乱的现场。

这一切，都没有逃过胡九辰的眼睛。凌楚楚刚跑出国子监，胡九辰脚下的步子便快了几分，双手疾如闪电地在周围人身上一一拍过去。

他这一手是威远侯亲传的点穴功夫，极其高明，被拍中的人都被定在原地，动弹不得。

只是眨眼的工夫，世界清静了。

燕飞公主失声惊叫道："你把他们怎么了？为什么他们都不动了？"说完这句话，她突然发现，自己也和手下的人一样，不能动弹了。

"快把本公主放了，等本公主脱困了，一定要你人头落地。"

胡九辰摸了摸自己的脖子，装作很害怕的样子，贼兮兮地说："为了护好我的头颅，就更不能放你了。"

燕飞公主眼睁睁看着他往外走，急得快哭了："喂，你别走，站住，你快放了我！"

大雍王朝最高贵的公主，生平从来没低过一次头，没说过一句软话，今天算是彻底栽了。

但是，胡九辰压根没理会，留给她一个远走的背影，很快就消失在她的视线里。

胡九辰刚走出国子监，就撞上了急急忙忙往回走的凌楚楚。

趁乱逃过杖刑，凌楚楚本来想跑远点儿，但是想起胡九辰还在里面以寡敌众，她觉得自己这种行为有点儿不讲义气。

经过一番激烈的思想斗争，她突然想起一件事，臭狐狸知道自己是女儿身的秘密，要是他被公主抓住严刑拷打一番，不小心供出自己怎么办？

欺君之罪可是要被杀头的呀！

想到这里，她感觉自己的头顶上悬着一把刀，随时可能会落下来。

不行，绝对不能让他们抓到胡九辰！凌楚楚着急地往回跑，冷不防撞在一个人的胸口处，等待抬头看清楚对方的脸，顿时眉开眼

笑："狐狸，你没被燕飞公主抓住呀？"

像响应她的话似的，国子监里传来燕飞公主愤怒的咆哮声："该死的奴才，等本公主能动了，一定要杀了你啊！杀了你啊啊啊！"

呃……看来，胡九辰岂止是没被公主抓住，反而抓住了公主。

听着燕飞公主发飙的大嗓门，凌楚楚禁不住地幸灾乐祸，敢得罪燕飞公主，这下臭狐狸可有苦头吃了，嘴上却很虚伪地说："你到底把公主怎样了？她说要杀了你哎，你这下惨了！"

胡九辰耸耸肩，丝毫没有担心："你不是让我对外扮成你的小厮吗？回去我就赶紧收拾包袱走人，她找不到我，肯定会把账都算在你头上。所以说，惨的是你。"

凌楚楚的脸色顿时绿了，在斗心眼这件事上，她永远都被胡九辰虐得胸闷、气短、心肝疼，以后再也不自取其辱了！

此时已将近午时。

皇宫大内，燕飞公主的寝殿柔嘉宫里，每个人都小心翼翼的，连喘气都不敢大声，气氛凝重得让人感觉压抑。

大家都知道，公主今天去上课，被莫名其妙点了穴。

宋太傅和其他来上课的千金们想尽了办法，哪怕是喊来了武艺高强的大内侍卫，也无济于事。

于是燕飞公主只好傻站着在庭院里，足足吹了半个时辰的冷风。

无数人的目光聚集在她身上，一点儿一点儿压垮她的自尊。要不是有这么多人看着，她早就哭出来了。

等到穴道自动解开，燕飞公主已经累得筋疲力尽，她没来得及走路，腿一软便摔倒在地，头上挂着面纱的斗笠摔出去好远，顿时露出一张写着字的脸蛋。

嘈杂的院落里突然安静了，所有人都目瞪口呆。

燕飞公主慌张地从地上爬起来，来不及捡斗笠，强忍的情绪终于在这一刻崩溃，她一边号啕大哭一边冲去了皇上那里，狠狠地告了凌楚楚一状。

第二天一早，凌楚楚为了保障人身安全，带着四喜去上朝。

今天的朝会比菜市场还热闹，凌楚楚瞪大眼睛看两个大臣在大殿上因为"北戎国士兵抢了边境百姓粮食被抓住究竟该杀还是该放"这种事情吵得不可开交，随后一言不合动起了手。

大家看得津津有味，连皇上都不愿意喊停。

一个大臣被揍得滚到凌楚楚脚下的时候，她终于忍不住开口发表了意见："抢个粮食也要杀头的吗？会不会太残忍了……"

话音刚落，站在她对面队伍里的人冷哼道："奸相！"

声音虽小，却足够让大殿上的众人听得清清楚楚。

右丞相樊国忠也气得吹胡子瞪眼："有其父必有其子，和凌老贼一样，胆小怕事、空谈误国！"

他是主战派，以前凌相没倒下的时候，两个人经常在朝堂上就主战还是主和的问题吵得不可开交。

"为什么一定要杀人呢？"凌楚楚不解地问，"他们抢我们的，我们也可以抢他们的呀。"

话刚说完，殿里一下安静了。

大家都在想，这小相爷究竟是真傻还是装傻？在他眼里，国家大事简直跟小孩子过家家一样。

昭宁帝存心逗弄凌楚楚，于是问道："朕还有件头疼的事情，前阵子京城连环盗窃案的犯人被抓住了，居然是个年仅十八岁的姑娘。所有赃物全都被她卖掉换钱挥霍了，你说，应该怎么处置？"

凌楚楚认真想了想，说："让她去把那些卖掉的赃物再偷回来，物归原主吧。"

满朝文武一阵哄堂大笑。

只有宋太傅不停地摇头叹息："朽木不可雕也，朽木！"这位凌小相爷，看着眉清目秀，原来是个腹中草莽的傻子。让他来参议国事，只能说黎民百姓命太苦了！

凌楚楚乐呵呵地摸着后脑勺。能把大家逗乐，她心里有点儿自豪，丝毫没有觉得自己说错了什么。

就在这时，有人从朝臣队列中踱步而出，扬声道："臣有本奏，凌副相爷来历不明，乃祸国殃民的妖孽，望陛下将他贬出朝廷。"

昨日燕飞公主来跟自己告状，昭宁帝正愁该怎么找凌楚楚的麻烦，好给妹妹出口气，这不，机会就来了。这位有本启奏的韩御史，是出了名的蔑视权贵、刚正不阿。有他参凌楚楚一本，他只需要看热闹就够了。

昭宁帝故意把脸一板，道："爱卿开什么玩笑？副相的的确确乃凌相流落民间之子，这是早就证明了的事情，怎么能说来历不明？"

"陛下可曾听说，近日京城流传一首歌谣，天下黄河绕九弯，金戈铁马出银盘；鼠神搬运三更半，凌小相爷乱建安。"

"乱建安？"昭宁帝听了这几个字，顿时龙颜大怒，"好大的胆子！"

满朝文武被吓了一跳，连忙跪下道："皇上息怒！"

凌楚楚没搞清楚是什么状况，看到众人乌压压跪了一地，也连忙跟着一起跪下。

"微臣前几日奉命出京办事，路过黄河下游的九弯县银盘村，听到路边有许多小孩在唱这几句歌谣，歌中字句大胆，简直有谋逆

作乱之心。臣连忙派人调查，这才听说，半个多月前，当地河水暴涨，冲垮堤坝，冲出来一块奇石，上面雕刻着金戈铁马的花纹和刚刚那段歌谣里的文字。不过几日工夫，就传遍了乡里。"

韩御史喋喋不休了一通，然后挥了挥手，两个小太监抬着一块硕大的青石，送到昭宁帝的面前。

青石上的花纹图案，还有四行字都清清楚楚。

这种事情在历朝历代都不稀奇，每逢太平盛世都会有人看到麒麟凤凰之类的祥瑞。

反之，如果有灾祸降临，上天也会在大夏天里飘雪、在稻米之乡干旱三年。

昭宁帝看着那段文字，脸色顿时变黑了。这种大凶之兆，简直是变相地说他昏庸无能呀。

韩御史"扑通"一下跪倒，大声道："此乃上天示警呀陛下，凌副相是祸国殃民的妖孽，臣请求将他立刻打入大牢，听候发落！"

啥？凌楚楚差点儿以为自己听错了，自己怎么突然就成了祸国殃民的妖孽？

她抬起头，瞧见昭宁帝正表情阴沉地望着自己，顿时感到有些不妙。

就在这时，有个年轻的大臣从殿外一路小跑着冲了进来，一边跑一边嚷嚷："不好啦，皇上，出大事了……"还没来得及跑到御前，就摔在了地上，他也不急着爬起来，反而趴在地上连连磕头："皇上，臣今日去官仓查看，发现仓里存着的数十万石粮食全都不翼而飞了！"

"什么？"昭宁帝听了，顿时龙颜大怒，"昨日刚刚收到江南

十几个府县上奏灾情严重、粮食紧缺，让你赶紧送粮赈灾，你今日就告诉我，官仓的粮食不翼而飞，究竟是怎么回事？"

"臣……臣不知道啊！"这位掌管官仓的户部官员正巧就是柳尚书的手下，所以听了他的汇报，就连柳尚书也吓得魂飞天外。

"到底发生了什么事？柳卿，你身为户部尚书，怎么会容许发生这种事情？"

柳尚书吓得立马跪倒："皇上，臣不知道啊！官仓有十二道金锁把守，照理说不可能发生这么蹊跷的事情。这……这难道是官仓里有老鼠？"

"胡说八道！数十万石粮食，全都没了，哪来那么多的老鼠？"昭宁帝正要狠狠训斥，却突然顿住，他的眼睛忍不住死死盯住眼前奇石上面的文字，"鼠……神？"

柳尚书听了，连忙接话道："鼠神搬运！奇石上写的这句话，难道就是这个意思？天哪！真的是上天垂兆呀！"

他这一喊，朝堂上顿时震动，许多官员信以为真，跪下磕头跟着喊："上天垂兆呀，难道真的是鼠神？"

昭宁帝被大臣们吵得头疼，差点儿又想拍龙椅。这时，殿外有个小太监扯着嗓子喊："皇上，星宿殿来了仙童，带来了仙师的仙谕，说是知道您遇到了疑难，要为您分忧。"

星宿殿？昭宁帝听了这三个字，顿时大喜："快传！"

星宿殿是大雍朝皇宫最神秘的所在，专为历代皇室监察天象、推测凶吉。

传说历任掌殿仙师都有呼风唤雨、通晓鬼神的能耐，如今这一任仙师更是法力高深，数次预言国内大事都一一应验，深受国民敬仰。

只见一个穿着灰色道袍的童子慢吞吞地走进殿中。童子鼓着一张圆圆的脸，头上扎着一个圆圆的道髻，看上去十分可爱。

童子站在大殿中央行了个礼，奶声奶气地说："仙师让我来告诉皇上，凌楚楚乃丧门星转世，和皇宫八字不合，与京城风水相冲。此次鼠神降灾，取走官仓中的米粮，也是因为凌楚楚的命格太硬，冲撞了神灵，建议早点儿将凌楚楚推出午门砍了，祭鼠神……"

听说要砍头，凌楚楚吓得腿一软，趴在地上爬不起来了。她哭丧着脸道："皇上，饶命啊！你千万不要听那什么仙师胡说八道，官仓里的粮食没了，怎么会和我有关系？这个仙师简直是心狠手辣！残暴不仁！草菅人命！陷害忠良……鼠神大人肯定不是这么想的。皇上，您千万不要相信他们的话呀！"

昭宁帝一听乐了："我竟不知，凌副相比我朝仙师还懂鼠神的想法。这样吧，朕是个开明的皇帝，愿意给你三天时间，如果你能让鼠神把粮食退回，救了灾区百姓，朕就相信你。不然的话，三天后天一亮，朕就命人把你推到午门砍了。散朝！"

殿中一群凌氏党羽下跪求情的声音，昭宁帝就当没听到。

求他收回成命，呵呵，开什么玩笑？

他早就想把凌府剿灭了，这次连老天都帮自己，凌楚楚死定了！

昭宁帝想着，嘴角露出一丝笑意。

凌楚楚无语凝噎，让鼠神把粮食退回，呜呜呜，她只有回去求助于那个臭狐狸了……

几乎与此同时，金銮殿外的某个角落，一只灰白色的信鸽轻盈地飞起，不过一会儿工夫就落在相府某个宅院的窗前。

鸽子站在窗台上来回踱了两步，就有一只骨节分明的手从窗内探出，轻轻将它抓了进去，从它爪子上找到一个细细的小竹筒，掏出一张狭长的字条展开。

刚刚在朝堂上发生的一切，寥寥几笔，都被写在里面。胡九辰扫了两眼，就将字条随手丢在身边的炭炉里烧了。

胡九辰笑嘻嘻道："让鼠神把粮食退回，要真有这本事，她咋不上天呢？皇上这是存心要砍她的头呀！"

"什么鼠神？什么粮食？"四喜将信鸽放飞出去，转身好奇道，"皇上要砍谁的头？"

"凌楚楚这个傻瓜的。"

"啊？为什么呀？九爷，您可一定要救少爷呀！"

胡九辰望着四喜关心则乱的神情，恶趣味的念头又来了："你昨天才跟她，至于这么担心吗？"

"可是，少爷对我很好呀！'他'昨晚还答应我，今天晚上让小厨房给我做一只鸡。"四喜边说边舔了舔嘴巴，鸡腿还没吃上呢，可不能让小相爷死呀。

"是皇上要砍她的头，我能有什么办法呢？"

四喜愣住，想了许久，终于咬牙道："那要不……我去劫……劫个法场吧？"

劫法场这么大的事，被她说来，就跟逛个菜市场似的简单，但其实她的双腿一直在打战。

"四喜！你简直是好汉呀！"胡九辰强忍着笑，拍拍对方的肩膀道，"你去吧！虽说法场有五百名重兵把守，但以你的本事，我觉得以一敌百不成问题。救下凌楚楚之后，你记得殿后，给她争取时间逃跑。如果那些官兵放箭，你就扑上去，用胸膛为她挡箭……"

"别说了……"四喜光是想想那场面，泪花就在眼眶里打起了转，"呜呜呜，我不想死。"

庭院外面传来一阵急促的脚步声，四喜惊讶地张大了嘴巴，原本该在法场等着被砍头的凌楚楚居然毫发无损地回来了。

凌楚楚在前面跑，魏无忌跟在身后一路追，一边追一边喊："小相爷，您等等我！您听我说，都是户部看管不力，才会丢了粮食，跟您没有什么关系，您千万不能被卷进去呀！"

"可是，我已经被卷进去了。"

"我马上联络朝臣，一同上书，求皇上收回成命。"

凌楚楚摇头，并不认同对方的想法："我觉得，我们可以想想办法。说不定，还能找回粮食。"她心急火燎地跑回院子，就是为了找胡九辰，他鬼主意多，肯定能想到办法。

"不，粮食你是找不回来的。"魏无忌斩钉截铁道，"您不知道，那是人为的，而且……"他突然意识到自己失言了，连忙捂住了嘴巴。

凌楚楚并没留心听他说的话。

但是魏无忌说漏嘴的话，以及那个欲盖弥彰的动作，全都落入了胡九辰的眼里。

胡九辰不动声色地挪开视线，暗暗琢磨刚刚听到的话，整件事情中让他最没有头绪的一个环节，现在好像有了点儿眉目。

第六章
人生已经如此艰难

凌楚楚瞧见低头沉吟的胡九辰，往日觉得贱兮兮的嘴脸，此刻怎么看怎么顺眼呀。她刚想开口求助，就被四喜热情地抱住了："少爷，您没死呀！"

四喜每天拎八十斤重的石臼练武，力大无穷，轻轻搂一下，差点儿没把凌楚楚勒死。

凌楚楚憋得小脸通红，好不容易从四喜怀里挣脱。

她还没说发生了什么，他们居然全知道！凌楚楚哭丧着脸问："你们知道鼠神吗？"

胡九辰摇头道："这世上根本没有鬼神、奇石、鼠神搬运。都是他们抬出来的幌子罢了，为的是取你性命。"

"他们？他们是谁？韩御史吗？还是，那个什么仙师？"

"我也不知道。"胡九辰摇头，"据我的情报掌握，这两个人素日没有什么来往，而且他们好像并没有这么大的本事操纵这件事。"

"啊，现在连谁要害我你都不知道？"凌楚楚原本做好准备要蹚这摊浑水了，可她没想到这水这么深，已经快要淹没她的头顶了。

凌楚楚不安地搓着手道："怎么办？要不，我们去告诉皇上吧？"

"你以为皇上为什么限你三日之内要回粮食？"胡九辰嘴唇微挑，又狠狠浇了凌楚楚一盆"冷水"，"因为他也没想让你活着呀。"

凌楚楚被这盆"冷水"浇得透心凉，她心酸地抬头望天，凄冷的北风呼呼刮过，院子里的大树上落下了最后一片树叶，刚好"啪"的一下盖在她的脸上。

这个世界太残酷了，每天都有坏人想要害我。

胡九辰没空管凌楚楚的那点儿小抑郁，他蹲下身子，随手捡了根树枝在地上比画：黄河决堤、运粮赈灾、奇石出现、鼠神搬运……

这几桩事情看似独立，却又环环相扣，似乎有一只无形的手在幕后悄悄推动，究竟是谁有这么大的本事……

他能想到的人，不超过十个，无论哪一个都不是好对付的角色。

胡九辰拿定主意道："是谁已经不重要了，眼下要紧的是把粮食找回来。"

凌楚楚一听，瞬间有了精神："你要去找鼠神？"

"笨蛋！我早就说了，根本没有什么鼠神，这件事是人为！"胡九辰嫌弃地看着她，心想，这姑娘的脑袋这辈子也是好不了了。

凌楚楚难得谦卑地点头道："是，是，是人为，那我们应该怎么把粮食找回来呢？"

胡九辰没有正面回答凌楚楚的问题，反而问道："十万石粮食，原本是要作何用途？"

"送去灾区发放给灾民。"

"可是，如今已经有大批灾民涌入京城，听说都聚集在北城贫民窟……"

"你的意思是说，可能是有人偷了粮食送给北城的灾民了？"凌楚楚一拍脑袋，恍然大悟道，"对呀，我怎么没想到呢？京城人都有钱，偷这么多粮食有什么用？那么最需要这批粮食的，那就只有那些可怜的灾民了……"

说着说着，凌楚楚突然停住了。

胡九辰瞧见凌楚楚脸上喜悦的神情一点儿一点儿退去，有些不解："怎么了？"

　　"可是盗窃官仓是大罪吧？会不会被抓进大狱里去呀？"凌楚楚支支吾吾地道，"要是真的发现粮食在北城灾民那里，我……"

　　她该怎么办呢？

　　要不要告诉皇上呢？这句话凌楚楚没脸说出口，在心里想想都觉得有些羞耻。

　　为了让自己摆脱麻烦，就要带给那些灾民牢狱之灾吗？

　　他们的家园被洪水淹没，背井离乡，吃不饱、穿不暖，已经够可怜了。

　　庭院中一时有些安静。

　　胡九辰侧过头望向身边的凌楚楚，在背景复杂、心机深沉的他面前，她单纯透明得宛如一块水晶，任何想法都瞒不过他的眼睛。

　　可是，什么时候，粗枝大叶的凌楚楚也有了这样敏感纤细的心事？

　　胡九辰有些意外，却又有些感动。

　　这个善良的姑娘啊，就算遇到了危险，生命受到了威胁，依然不愿自私地伤害别人。

　　这样的姑娘，就算一直傻傻笨笨的，好像也没关系！因为有他呢，他会保护她！

　　凌楚楚惆怅了片刻就拿定了主意："算了，我还是不去了。"

　　她转身，认真地对魏无忌交代："你赶紧去联络朝臣，让他们快去皇上面前替我求情，就说……就说那石头是韩御史伪造的！就说仙师嫉妒我的官位比他大，想要害我！根本就没有什么鼠神。千万要说服皇上，不然我小命就不保啦！"

　　魏无忌听了大喜，拍着胸脯连忙答应："下官马上去办！请小相爷放心。"

胡九辰望着魏无忌一溜烟小跑的背影，朝四喜使了个眼色，四喜立刻会意，转身跟着魏无忌跑了。

凌楚楚担心地望着胡九辰，问道："狐狸，你说这黄河决堤严重吗？"

"据我手下影卫收集的情况来看，挺严重的。"胡九辰叹气，"听说淹没了沿岸数十个州县，死伤无数。许多灾民一路乞讨，十个人里面只有两三人能挨到京城。"

凌楚楚惊住了，她的家乡大塘村，也在黄河沿岸呀！难道也被水淹了？村里的父老乡亲怎么办？还有娘的坟，要是被冲垮了……

凌楚楚一下子慌了，满脸担忧地望着胡九辰说："狐狸，我想回家看看。"

"又说孩子话！你的家不在这里吗？"

"不对，这里不是我的家，我的家在大塘村。"

胡九辰被这个没心没肺的小姑娘触动了，却还是摇摇头说："你如今贵为一国之相，怎么可能说走就走呢？"

"那我告病假，悄悄回去一趟。"凌楚楚眼巴巴地看着胡九辰，"我只看一眼我娘的坟，只要确定没被洪水冲垮，我立马就回来，还不行吗？"

"你每顿能吃一只羊，壮得跟牦牛似的，哪来的病？"胡九辰捏了捏凌楚楚的包子脸，恐吓道，"欺君之罪，那可是死罪。再说了，官粮你还没找回来呢，要是因为装病惹恼了皇上，不用等到三天以后，明天就能把你推出午门斩了。到时候，你娘的坟旁边还得添一个小土堆。哦，不对，是两个，还有瓜瓜呢。"

一说到死，凌楚楚的眼圈就红了。自己死就算了，还要连累可怜的瓜瓜。

她没想到，当上这破丞相，会惹来这么多麻烦，连家都不

能回。

胡九辰瞧着她可怜巴巴的样子，有点儿不忍，安慰她道："我马上安排人手，去大塘村看看，你安心在府里等消息，不要乱跑。"说完就匆匆离开了。

胡九辰并没有从相府正门出去，反而拐了几道弯，来到了最西边的围墙下。

墙外是一条僻静的小巷，平时几乎没有什么人路过。

他轻轻松松地翻墙而过，四喜正拉扯着魏无忌往这边走。

魏无忌不听话，她就拽着对方的胳膊轻轻一掰，然后"嘎嘣"一声，魏无忌的左胳膊脱臼了。

魏无忌疼得眼泪都出来了："哎哟！疼，疼，疼，我的胳膊要断了。四喜姑娘，求求你，饶了我吧，你这到底是要干什么呀！"

"九爷想见你。"

"他见我干吗？我不想见他。"魏无忌没好气地拒绝，他本能地对那个聪慧狡黠的少年忌惮，长得比自己好看，还比自己聪明，简直不能忍。

更何况他心里有个不能说的秘密，不能被胡九辰知道。

当他抬起头的时候，刚好正对上一双幽如深潭的眼睛，胡九辰定定地看着他，就像是要看进他的心里去。

魏无忌忍不住打了一个寒战。

"说吧，粮食在哪里？"胡九辰负手站在魏无忌面前，整个人的气势，看似云淡风轻，实则压迫感极强。

魏无忌心里"咯噔"一下，但他在朝中混了这么多年，心机、城府毕竟都不同于一般人，所以并没有流露出慌张的神情，装傻道："你说什么？官粮不是被灾民们偷盗了吗？"

"快点儿说，我不想浪费时间。"胡九辰不耐烦道，"那种推断，骗骗凌楚楚还可以，灾民们连官仓在哪里都不知道。你知道官仓的粮食是谁偷的，对不对？"

魏无忌决定装傻到底，打死不说。

胡九辰看魏无忌一副死猪不怕开水烫的样子，失去了和他废话的耐心，挥挥手道："四喜，给我打！"

又是"嘎巴"一声，右胳膊也脱臼了，魏无忌痛得鼻涕都流下来了："来人啊！打人了！胡九辰你殴打朝廷命官，这是犯罪你知道吗？"

"不要说废话了！别以为我看不出来，你极力阻拦小相爷介入这件事情。莫非，这件事和你有关？"胡九辰故意按得手指关节"嘎嘣"响，警告魏无忌再不配合的话，就要下狠手了，"再不从实招来，我就把你绑了送去大理寺。请他们好好查一查。"

"借我熊心豹子胆我也不敢哪！"魏无忌吓得脸色都白了，急忙撇清道，"我……我是觉得，这件事可能和老相爷有点儿关系。如果他真的参与了，小相爷卷进来岂不是大水冲了龙王庙，自家人不认识自家人吗？"

听说这件事和凌如峰有关，胡九辰一点儿都不觉得惊讶，毕竟对方是大雍朝第一权臣，出了名的贪官，为了敛财不择手段。

偷运官仓粮食倒卖虽然铤而走险，但也是暴利的买卖，如果不是刚好遇上黄河决堤，根本不会有人发现官仓里的粮食少了。

等再过几个月，新粮进仓，谁都不会发现。如果魏无忌说的是真的……

胡九辰笃定地看着魏无忌道："就算这件事真的和老相爷有关，那么户部里一定有人与他合谋，不然怎么可能神不知鬼不觉地通过十二道金锁，将粮食运出来？"

　　魏无忌吃了苦头，知道了对方的厉害，连忙狗腿地拍马屁：
"九爷您真是神机妙算呀！当初与老相爷一同谋划此事的人，正是
那户部尚书柳大人。可是，这不才刚谋划没几天嘛，老相爷就中风
了，所以我也不知道他老人家后来到底有没有参与。"

　　胡九辰心里的猜测一一得到了证实，这件事多半是柳尚书谋划
的，因为黄河水患突发，皇上命他打开官仓赈济灾民，私卖官粮之
事眼看着是纸包不住火，他急切地想要撇清责任，所以要找个垫背
的。

　　凌府此刻群龙无首，无疑是他最好的选择。

　　而皇上，他根本不在乎是谁干的，眼下最功高震主、威胁到他
皇权统治的，是凌府。

　　他早就想拿凌府开刀，而柳尚书恰好给他递了这把"刀"。

　　想到这里，他拿定主意道："这件事的真相，必须让小相爷知
道。你现在就随我去禀报。"

　　但当他们回到府中时，丫鬟说小相爷刚刚出门了。

　　到底能去哪儿呢？胡九辰低头沉思。

　　此时，凌楚楚到了北城，她来并不是为了找麻烦，只是想查个
究竟，粮食是不是真的被灾民们偷了。

　　要不是再三问过路人，她差点儿以为自己已经走出了京城。京
城这么富庶繁华的地方，怎么会有这么矮小破旧的房子？

　　放眼望去黑压压的一片人，或坐或躺在地上，每个人的衣服都
灰蒙蒙的，头上脸上也是灰蒙蒙的，看上去有气无力的样子。

　　凌楚楚今天穿着火狐狸皮制成的新袄褂，是京城如今最流行的
款式，大姐昨天才给她换上的，鲜亮的颜色十分抢眼，身上的衣物
配饰也无一不精致贵气。

她站在这样萧条的环境里，显得有些突兀，很快就引起了大多数人的注意。

一个身材干瘦的小男孩跑到她跟前，伸出脏兮兮的手说："姐姐，给口吃的吧！"

那双手冻得跟萝卜似的，裂开了好几道血口子，凌楚楚看得不忍心，连忙从怀里掏啊掏，掏出了半块如意吉祥糕给他，这是她早上起晚了，赶着上朝时带在路上吃剩下的。

她的举动一下子惊动了许多人，许多灾民看到她有吃的，都围了上来，向她伸手讨要。

没有食物，但是可以给钱，让他们去买吃的。

凌楚楚慷慨地掏出钱袋，将身上携带的碎银一一分发给灾民，可是僧多粥少，钱很快就分完了，然而有更多的灾民像潮水一般涌来。

凌楚楚被这样的阵势吓了一跳，连忙大声道："你们不要跟我要了，我身上已经没有钱了。"

不知道谁大声喊了一声："大家看她身上的皮袄，肯定很值钱！千万不要放过，抢啊！"

凌楚楚有生以来第一次遇到抢劫这种事，在天子脚下，还是光天化日之下。

当人群散去的时候，她顶着乱糟糟的头发站在长街之上，身上那件名贵的皮袄褂早已不翼而飞，就连玉佩、香囊之类的配饰也没有给她留下。

她这副凄凉的模样，看上去和贫民窟里的灾民并没有什么两样。

凌楚楚气得跺脚："到底还有没有王法？"茫然四顾，刚刚抢劫自己的那帮人早就跑了。

此时此刻，她的内心几乎是崩溃的。

凌楚楚想直接打道回府，但一想到刚刚那些灾民饿得皮包骨头的样子，又迟疑了。

按照狐狸的推断，粮食应该是被灾民们盗取了。如果真是这样，为什么他们好像还是没饭可吃？

想到这里，她紧了紧身上单薄的衣服，哆哆嗦嗦地往贫民窟深处走去。

然后，她看到了更多的灾民，所有人都是衣衫褴褛、骨瘦如柴的样子，在凛冽的寒风中瑟瑟发抖，像一片片随时可能会凋零的树叶。

凌楚楚越看越觉得心酸，有点儿后悔出门前没有多带点儿银两和吃的，不然，就能帮助他们了。

就在她快要放弃寻找线索的时候，突然看到前方有七八个汉子在围殴一个小乞丐。

其中领头的那个大胡子出手最狠，凌楚楚觉得眼熟，仔细一看，发现就是他抢走了自己的皮袄。

好家伙，抢了我的东西还不跑远点儿，还敢在我面前欺负人。

凌楚楚从路边捡了根手臂粗的木棍，大喝一声就冲了上去，棍子又狠又准地抽在了大胡子的屁股上，疼得大胡子一蹦三尺高。周围人都吓下了一跳。

凌楚楚也不管对方人多势众，她如今好歹也是朝廷二品大官，居然在京城地界被窝囊地抢劫，正找不到出气的对象。

她将棍子舞得虎虎生风，这拼命的气势把对方吓坏了。

大胡子气急败坏地捂着屁股，正准备招呼大家一起上，待看清楚凌楚楚的样貌后，顿时心虚了。他"嘿嘿"笑了两声："这位小

兄弟，俺们也没什么深仇大恨，你怎么能下手这么狠呢？"

凌楚楚挥了挥手中的木棍，瞪着他道："快把我的皮袄还来！"

大胡子摊手，无奈地答道："你……你的皮袄早没了！"

凌楚楚仍旧倔强地瞪着大胡子。

大胡子哭笑不得："真的，我没骗你。你的皮袄我刚刚转手卖掉了，换了十块大饼，跟兄弟们分掉了！俺们也是饿得实在没办法了。"

凌楚楚想到自己那件价值千金的皮袄，居然只换了十块大饼！她气得大吼一声："啊！我跟你拼了！"挥起棍子朝对方冲了过去。

她嗓门大、气势足，狠狠冲上去的样子把几个汉子都镇住了。大胡子一伙儿无心恋战，顿作鸟兽散。

凌楚楚只得气呼呼地掉头，正瞧见之前那个被围殴的小乞丐躺在地上"哎哟哎哟"地直叫唤，凌楚楚顿时把自己心里那点儿不快都忘光了，丢下棍子就跑去给小乞丐查看伤势。

小乞丐长得眉清目秀，只是嘴角破了，额头上也肿了一大块，有些狼狈不堪。

凌楚楚将他扶起来，他的双眼直直地望着前方。

"你没事吧？"

"你是谁？我这是在哪里？"小乞丐突然回过神来，"你为什么把我的好兄弟打跑了？"

"好……兄……弟？"凌楚楚怀疑小乞丐被揍傻了，"你确定那几位是你好兄弟？他们刚刚明明是在往死里揍你呀。"

"那是因为他们不相信我家有粮食，我正在劝说呢。都怪你！把他们吓跑了。"小乞丐看看天色也不早了，有些沮丧，今天恐怕

是找不到一个人入伙了。

凌楚楚听得似懂非懂，摆摆手道："好吧。走了就走了，他们有七八个人呢，你家有多少粮食也不够他们吃的呀。"

"才不会！我家有的是粮食，只要他们加入我家，听我三哥的话，就不用再饿肚子了。"小乞丐气呼呼的。

"你？你这个小乞丐？"

小乞丐认真地纠正她："我不叫小乞丐，我叫小七。龙小七。"

"好啦好啦，我知道你叫小七了，但这不重要。"凌楚楚摆摆手，教育他道，"重要的是，做人要诚实！瞧你身上穿的，比我还破。说你家里有粮食，骗谁呢！活该你被打。"

"我真的没有骗人！我家真有许多粮食，别说他们七八个人，再来七八十个人都没问题！"龙小七急了，气呼呼道，"不信你可以跟我回去看！"

"什么？你刚刚说什么？"凌楚楚愣住了。

"我说你可以跟我回去看呀！"

"不是这句，前面那句。"

"我说，我家有粮食。"

"也不是，后面那句。"

"七八十个人没问题？"

"对，就是，七八十个人！"

凌楚楚眼睛顿时亮了，七八十个人可不是个小数目呀。如果这是真的，难道……她狐疑的目光在龙小七身上来回打量着，想找出点儿佐证来，可是怎么看，他都还是个小乞丐，一身穷酸气。

凌楚楚撇撇嘴，龙小七却被她惹得不高兴了，非要拽着她，让她跟着回家亲眼看看。

就这样，凌楚楚跟着龙小七离开了贫民窟，朝着南城方向而去。

凌楚楚进京之前曾在小册子里学到过，南城是京城有名的富豪云集之地，最有钱的人几乎都住在这条街上。

来往的行人衣饰都十分富贵华美，凌楚楚跟在龙小七的身后，觉得有点儿不好意思，他们两个穿得也太寒酸了，走在人群里就像两个异类。

她悄悄扯了扯龙小七的衣服，低声建议："要不，我们拐进巷子里，从小路走吧？"

龙小七不解："为什么呀？我哥说了，男子汉大丈夫，顶天立地，要走就走大道，要做就做大事！"

呵呵，凌楚楚觉得自己真的找错人了，这哪像个有钱人呀，分明是个神经病！算了，她就当做好事，送他回家吧。

就在这时，龙小七突然停下了脚步，跑到一户人家敲门。

凌楚楚看着这户人家的装潢：朱红的门柱，金漆的门联，汉白玉石的台阶，一看就是个大户人家。这个小乞丐真是太不让她省心了！

她连忙跑上前去，扯住龙小七道："别闹，小心人家放狗。"

"凌大哥，这就是我家。"

啥？凌楚楚还没缓过劲儿来，门"吱呀"一声开了，一个小厮探出头来看了一眼，顿时激动地嚷嚷道："小七少爷，您总算回来了，三少爷已经摔烂八个花瓶了，让您一回来就去大厅里跪着等他。"

龙小七顿时吓得脸都白了："这回死定了。"慌忙往大厅跑。

凌楚楚瞧他一副老鼠见了猫的样子，连忙跟在他身后，想看看

这位三少爷究竟有多厉害。

进了会客厅，只见一个年轻人坐在大厅正中，面色冷峻，颇具威严。

龙三看到龙小七突然带着一个外人回来，微微有些惊讶，随即视线落在他破破烂烂的衣服上，脸色顿时变了："怎么回事？谁把你打成这样的？"

龙小七摇头："我也不认识他们，是北城的几个灾民。"

"好大的胆子！居然敢在京城闹事！"龙三面上乌云密布，把桌子拍得震天响，吓了凌楚楚一跳。

她心想，这位三哥的气势好强，一举一动都很有派头，难道也是什么大官儿？

可是自己从来没在朝堂上见过他。

龙小七虽然心思单纯，却知道自己这位三哥手段毒辣，如果真的因为这件事迁怒北城的灾民，只怕又要血流成河。

他连忙劝慰道："只是一点儿小伤，三哥你千万别生气。多亏凌大哥救了我，他力气可大了，舞着一根比拳头还粗的棍子，没几下就把人都打跑了。"

龙三连忙站起身，朝着凌楚楚深深一揖道："舍弟无知，多亏这位凌小兄弟相助，龙三在此谢过了。"

凌楚楚被龙三突如其来的大礼吓得连忙摆手："千万别客气，我就是路见不平罢了。"

说这话，她心里暗暗有些得意，感觉自己有点儿像说书先生口中锄强扶弱的大侠。

龙三暗暗点头，看来是个行侠仗义的江湖少年，值得结交！日后说不定还有能帮到自己的地方。

想到这里，他从怀里掏出一颗鸡蛋大的珍珠递给凌楚楚，道："你救了我家小七，就是我家的恩人，送上珍珠一颗，聊表心意。"

凌楚楚这些天在相府，凌凤喜经常命人抬着各种稀奇的宝物往她的房间里送，但也没见过这么大的珍珠。

凌楚楚小心翼翼地接过，稀奇地在手里看了又看、摸了又摸："天哪，这么大。哇，好光滑！这得值不少钱吧？"

龙三撇了撇嘴，到底是个乡巴佬，如果不是因为救了小七的命，他才不舍得把这宫中的宝物送给她。小七乃天潢贵胄，命岂止值一颗珍珠？

就在龙三暗自不屑时，令他惊讶的一幕发生了，凌楚楚居然将珍珠塞回了他的手里。

凌楚楚摇摇头说："谢谢啦，这么珍贵的东西，我不能收。"

"这是你应得的。"

"不，我救小七不是为了这个。"凌楚楚觉得有点儿惭愧，这样罕见的宝贝说送人就送人，可见小七家里岂止有钱，简直太有钱了。

所以小七之前根本没有胡说，他家的粮食别说养七八个乞丐，养七八百个乞丐也不成问题。

小七不是乞丐，更没有偷盗官粮，是她别有用心跟着他，想要查出真相。

怀着满腔的愧疚，凌楚楚无论如何都不肯收下珍珠。

没想到，这样的姿态让龙三高看了起来，他上下打量着这个满脸娇憨之气的少年，越发觉得对方虚怀若谷、气质高华。

龙三左一句"英雄少年"，右一句"侠骨丹心"，夸得凌楚楚飘飘然找不着北了，她得意地跟龙三侃起了自己当年在大塘村的英

雄事迹："想当初，我们村那个小地主欺负我家瓜瓜，我把他按在地上揍，他那十几个跟班，没有一个能近得了我的身……"

龙三听得心喜，被土豪权贵欺负过，内心必然痛恨这朝廷和这世道，天生就有反骨呀！

眼下自己大业正值用人之际，这位凌小兄弟虽然大大咧咧，但是看着很好蛊惑，不如拉拢过来为自己所用。

想到这里，他装作不经意地盘问对方的来历："凌小兄弟是住在北城吗？也是因为水灾才不得不来京城乞讨？"

啥？凌楚楚正说到自己故事的精彩之处，冷不防被打断，好一会儿才明白过来，对方以为自己是北城的灾民乞丐呀！

她连忙澄清道："我不是灾民，我家住在西城。"

龙三愣住了：西城，那不是传说中的"官街"吗？

那地段住的可都是达官贵人，而且是很有身份地位的达官贵人，眼前这位衣服破破烂烂的少年，所说的一切，是在……

撒谎？

凌楚楚说到自己的家，"哎呀"一声拍了下脑袋。她突然意识到自己已经出门很久了，每天这个时辰，胡九辰都会教她练字，他那么刁钻霸道，要是迟了肯定会被他打手心。

她连忙告辞道："我该回家了，臭狐狸还在等我呢！"

"啊？这就走了？"龙小七才刚认识这么一位好朋友，听说她要走，有些不舍，"凌大哥，你还会来我家里吗？改日再来好不好？"

凌楚楚拍拍他的脑袋，爽快地答应过几天还来做客，抬头瞧见天色已暗，匆匆忙忙往府外去了。

她没有发现，在她的身后，一道深沉的目光盯着她走远。

龙三脸上露出思索的神情，留下，还是就这么放她走？只是一个犹豫，对方已经消失在门口，他也做好了决定。此人与小七有缘，而且心性质朴单纯，可以为他所用！

龙三挥挥手，唤出一个人来，道："你跟上她，看她到底去了哪里。"

"是！"黑色的身影几个起落就跳出了院落，朝凌楚楚离去的方向追去。

第七章

微臣很忙，忙着爬墙

"太子哥哥——"

"跪下！给父皇、母后，还有皇兄、皇姐们磕头！"龙三脸色铁青，负手站在内室中央。

在他的面前有一张长长的供桌，上面摆着满满一排牌位。

龙小七"扑通"一声在大厅中央跪下了，朝着这些牌位"咚咚咚"开始磕头。

"你知错吗？"

"小七知错，不该偷偷溜出门，害得太子哥哥担心。"龙小七低着头，小声道，"其实我去北城不是为了玩，而是为了替太子哥哥你招揽可用之人，以备将来的光复大业。"

他知道，太子哥哥要想成就大事，必须有更多可用之人，北城那些灾民这些天饿得快疯了，只要有人给他们粮食活命，他们一定会忠心效命，所以他才会悄悄溜去那里。

只是没想到，刚到贫民窟就和凌楚楚一样，被打劫了。

"去北城招揽人才？那破地方能有什么人才？都是些将死之人罢了。"龙三太子冷冷笑道，"他们在家乡活不下去，只能不远万里一路乞讨来京城，希望能填饱肚子。可是，他们并不知道，官仓里如今一粒粮食都没有……"

"啊？那他们怎么办？"

"我不管他们怎么办！"龙三严厉地打断自己的傻弟弟，"这里是京城！你不要忘了我们的身份，别忘了我们和如今的大雍皇族有着血海深仇！轩辕皇室如今只剩你我二人，在他们的眼皮底下，你最好给我安分点儿，如果不小心引起他们的注意，你会给我们所有人带来灭顶之灾！"

龙小七很少看见太子哥哥有这么暴躁的时候，他知道自己今天悄悄溜出去让龙三担心了。

他低着头，小声道："太子哥哥，我这就回屋去，这几天再也不出门了。"说完，逃也似的溜了。

空荡荡的内室之中，只剩龙三一个人。

他静静站立许久，望着父皇、母后等人的牌位，眼中似乎有一簇幽幽的火苗在燃烧。

这么多年了，龙三没有一天不活在仇恨里。如今这大雍朝，终于要乱了，他离报仇雪恨不远了！

龙三并没有告诉龙小七的是，北城那三万灾民，是他有意让人诱哄进京的，都是些无家可归之人，甚至身无牵挂，只求能够苟活罢了。

他们命如草芥，如果在京城反了，将会是一股非常可怕的力量！

为了逼他们反，龙三已经事先拜托柳尚书将那些粮食藏得严严实实，任谁也想不到藏在了哪里。

更重要的是，灾民里面有他的人，正在肆意传播官粮不翼而飞的消息。

那些灾民还妄想得到朝廷的赈济，如果连这最后一丝希望都破灭……

龙三仿佛已经可以预见这群亡命之徒在京城中烧杀掠抢的模样，京城所有兵力加起来虽然有一万，可是既要保卫皇宫大内，又要保护京城百姓，哪里顾得过来？

到时候，京城肯定一片混乱，自己才有出手的机会！龙三谋划这一天已经很久了，他有信心，一定会成功。

而小七这孩子太善良太单纯，根本不知道一将功成万骨枯的道理，如果要他知道，那些灾民最后的下场，不是死就是反，一定会忍不住难过的。

复国大业何其艰险，怎么能容得下妇人之仁？

龙三手中拈着一炷香，站在牌位前，声音有些颤抖："父皇、母后，你们在天上看着皇儿吧！当年的灭国之恨，我一定要让大雍王族用血来偿还！"

夜幕降临的时候，凌楚楚终于沮丧地回到了相府。

她原本想要趁着没人的时候，悄悄溜回房间，可是没想到被胡九辰抓了个正着。

胡九辰瞧着凌楚楚灰头土脸的样子，脸色一沉："好端端地出去，怎么弄成这副德行回来，谁干的？"

凌楚楚感动不已，心想龙小七有他三哥关心，自己好歹也有臭狐狸呀，这人平时嘴巴是贱了点儿，但是心地终归是柔软善良的。

她正想好好诉个苦，在胡九辰这里找点儿安慰，哪知道下一秒胡九辰突然笑道："快，说出来让我乐呵乐呵。"

浑蛋！凌楚楚把到嘴边的话又默默咽了回去，她绕过胡九辰往里走，感觉心好累。

胡九辰在她身后喊："喂，我的下属刚刚来汇报了黄河沿岸州县的受灾情况，你不听了？"

凌楚楚停住了脚步，对自己进行心理暗示：我是个忍辱负重的好姑娘，我不能和一个浑蛋计较。

更何况，他还是一个有用的浑蛋。然后她转过身，给了胡九辰一个比哭还难看的笑脸："想听，你快告诉我呀！"

胡九辰完全不顾她的感受，撇嘴嫌弃道："不想笑你可以不笑的，这个样子比哭还难看。"

"你快说！"

胡九辰见凌楚楚有些急了，终于收敛了玩闹的表情："大塘村

也在受灾范围，据说大半个村子都被淹了，我特地命人查探了你娘的坟地所在，因为在小土坡上，所以并没有殃及。目前洪水正在退去，应该不会有更大的灾情了。"

凌楚楚微微松了一口气，幸好娘的在天之灵没有被打扰。

然而庆幸只持续了几秒，心情又低落了下来，对于偷盗官粮之人，她一点儿头绪都没有，家乡的父老乡亲该有多么需要这些粮食救急……

第一次觉得自己是这样无用。

胡九辰看凌楚楚快要哭出来了，知道她内心在自责，有些不忍，依然装作没看出来的样子："你在磨蹭什么？快跟我去见你大姐。她已经听说今天朝堂上发生的事情了，很担心你。"

凌楚楚收起难过的表情，强迫自己挤出几个咧嘴的表情，想变得开心点儿。

她不想让凌凤喜看到自己的难过。

两个人回到屋里时，凌凤喜正在给瓜瓜试一件新做的裘皮大衣。

凌楚楚眼睛一下就酸了，前天大姐也刚给自己做了一件新袄裥，结果今天白天就在贫民窟被抢了。她这辈子第一次穿这么贵的衣服！

凌楚楚正感慨自己命苦，凌凤喜回头瞧见她惨兮兮的样子吓了一跳。

"我去了一趟北城，看到许多灾民，他们太可怜了，连饭都吃不上，所以我就给他们钱。后来钱不够，就把衣服送给他们了，能换几个钱买吃的。"凌楚楚厚着脸皮编谎。

她把抢劫这件事略去了，直接说成是自己仗义疏财。臭狐狸还在旁边呢，面子要紧！

"傻不傻？"凌凤喜戳了戳她的脑袋，"没钱了可以回来管大姐要啊！"

见凌楚楚还垂着脑袋，以为她是为袄褂丢了难过，安慰道："袄褂丢了就丢了，明天我再让人给你做新的。之前那火狐裘已经不流行了，如今京城流行银狐裘，价值千金，可不是一般人能穿得起的！等你穿着去上朝，满朝文武都得羡慕死你！"

凌楚楚眼前不由得又浮现出白天在贫民窟见到的场景，想到那些灾民都快饿死了，自己却穿着这么昂贵的皮袄，心里更加难过。

她拉着凌凤喜道："大姐，我们大塘村也遭了洪灾，皮袄我不要了，能不能省下来买粮食给那些灾民？"

凌凤喜点头："明天我就让管家拿着府里的粮食去北城施粥，只留下府里够吃的，别的全都给灾民送去，你放心。胡先生已经有了眉目，很快就能帮你找出偷盗粮食之人，大姐一定不会让你有事的。"

凌楚楚感动得又想哭了，自打来了京城，自己怎么变得越来越多愁善感了呢？

半个时辰之后，凌凤喜走了，瓜瓜也睡下了。

凌楚楚终于回过神来，刚刚大姐说，胡九辰很快就能帮自己找到偷盗粮食之人？

那他为什么不早说！害得自己一整天都在提心吊胆，还特地跑去贫民窟一趟。

想到这里，她气愤不已，从床上爬起来，去找胡九辰。

胡九辰房里的灯还亮着，凌楚楚踮着脚尖，正要偷听里面的动静，门"吱呀"一声开了。

只见胡九辰从屋里走了出来，身后还跟着四喜，两个人都穿着

一身夜行衣，黑布蒙面，一副准备出门的样子。

凌楚楚死皮赖脸地拽住胡九辰道："你们是不是要去找盗粮之人？我跟你们一起去。"

"你会武功吗？"

"不会。"

"那你跟去干什么？拖后腿吗？"胡九辰一脸不愿意。

敢情他压根没想带上她！要不是她匆匆赶来，就要错过了！凌楚楚气得不轻，一把抱住胡九辰的大腿，摆出死都不会撒手的架势。

胡九辰倒吸一口冷气。

凌楚楚已经不知道是第几次玩这种泼皮无赖的把戏了，但他居然对这种招式完全没有办法。

对凌楚楚的一番苦口婆心的劝说无果，再这样下去天都要亮了，胡九辰犹豫再三，只好同意带上了她。

三个人坐着马车穿过苍茫的夜色，不一会儿就到了一户人家门前，凌楚楚下车瞧了瞧周围的景物，非常眼熟，这分明是柳尚书的家。

她惊讶地张大嘴巴，没有想到偷盗粮食的人居然是柳尚书，还没来得及细问，她就已经被胡九辰和四喜架住，身子一轻，飞上了屋顶。

凌楚楚被他们带着从这个屋顶飞到那个屋顶，犹如腾云驾雾，脑袋直犯晕。

她悄悄朝下面望了一眼，吓得双腿瘫软，好高！摔下去就是个死呀！

凌楚楚打起了退堂鼓，哭丧着脸道："你们把我放下来，放我回去吧，我回家睡觉还不成吗？"

胡九辰气恼道："闭嘴！你想把他府里的侍卫都惊动吗？"

胡九辰轻轻扒拉开一块青瓦，顿时有微光透了出来，看屋子的陈设是一间书房。

柳尚书坐在书桌前，面前正站着身形壮硕、手持长剑的黑衣人。

胡九辰一看到黑衣人，神情陡然变得严肃，他朝凌楚楚做了个噤声的动作。

凌楚楚顿时大气都不敢喘，仔细听柳尚书与黑衣人的对话，都是些家长里短的琐事，听得她都快犯困了。

皇天不负有心人，就在凌楚楚以为不会听到什么有用消息的时候，柳尚书突然开口道："要尽快把那批粮食运走，拖得越久，被查出来的危险越大。"

"怕什么？眼下谁都不知道粮食在我们手上，何况尚书大人您安排巧妙，已有凌小相爷替您挡灾，属下觉得，还是暂时按兵不动为好。"

柳尚书听了点点头，觉得很有道理："那就暂时不动吧。只要咱们不动，谁也不知道粮食藏在哪里，哈哈哈！"

凌楚楚听了心里一急，把胡九辰之前的叮嘱忘得一干二净，脱口而出："狐狸，这可怎么办呀？我们可怎么找呀？"

黑衣人顿时双眼精光爆射，抬头望向凌楚楚说话的方向，怒喝道："谁鬼鬼祟祟在上面？出来！"话还没说完，手中的长剑已经如同毒蛇吐芯，往房顶疾射而来。

"笨蛋！让你不要开口！"胡九辰嫌弃地瞪了一眼凌楚楚，一把将她背起来，"四喜，断后！"

四喜像一只轻盈的飞鸟迎了上去，和黑衣人缠斗在一起，剑花抖落无数银光，招招封死了对方的追路。

黑衣人武功虽高，但比四喜还是差了不少，左冲右突依然无法冲破四喜绵密的剑网，反而因为过于心急，而被四喜窥到一丝破绽，一脚踹在胸口，从屋顶上摔了下去。

柳尚书从书房中跑了出来，看到这一幕急得直跳脚，刚刚他在书房说的那些话，若是有半句传出去，对他而言可是灭顶之灾！

绝对不能让这些贼人逃脱！他眼中闪过一丝凶光，从怀中掏出一只木制的口哨吹响，尖锐的哨声瞬间划破苍茫的夜色。

此时，胡九辰离尚书府的外墙只有咫尺之遥——

黑暗中突然传来"嗖嗖"的弓弦之声，密集的箭雨朝胡九辰和凌楚楚当头罩下。

就在这危急关头，胡九辰瞬间作出决定，掉头往尚书府内院冲了回去。

凌楚楚连忙拍了拍胡九辰的肩膀好心提醒："狐狸，你走错方向了。"

胡九辰没有理她，他没空向她解释什么叫最危险的地方反而是最安全的。

凌楚楚以为是自己声音太小，胡九辰没听到，于是狠狠拽了一下他的头发。

这时胡九辰刚踩上院落的围墙，脑袋上的痛来得猝不及防，害得他真气一岔，"啊"地惨叫一声，从墙头栽了下去。

凌楚楚很幸运，有胡九辰垫底，从高高的围墙摔下去，毫发未伤。

胡九辰揉着快要断掉的老腰，发飙道："你到底怎么回事，是

不是存心想要害死我？"

凌楚楚感到很委屈。

天地良心，她只是想要提醒他走错方向了。她哪知道胡九辰的武功这么差劲儿，拽个头发就能从墙头摔下来。当然，这种话她也只敢在心里抱怨。

胡九辰瞪着凌楚楚道："我难道不知道走错方向了吗？我是故意走错的！你没看到大门口的枪林箭雨吗？要是我一头冲出去，以我出神入化的武功，没有任何问题。可是你呢？你会被那些箭射成刺猬！"

"哦——"凌楚楚垂下了脑袋，没有想到在这样危急的时刻，狐狸还是这么关心自己。她太笨了，总是添麻烦。

怀着愧疚的心情，她小声地询问胡九辰的伤势："你的腰没事吧？"

"能没事吗？从这么高的地方摔下来，还有这么胖的你砸在我身上！"胡九辰暴怒，"我的腰快断了，我的屁股快碎了，我的腿也快失去知觉了！凌楚楚，我要是有个三长两短，十个你也赔不起！"

"不会的不会的，你肯定不会有事的。"凌楚楚难过得都快要哭了，她发现原本跟在他们身后的四喜不见了。

胡九辰冷着脸提醒她："四喜武功比我都高，别说小小一个尚书府，皇宫大内她都来去自如。你还是担心你自己吧！"

就在这时，不远处有道声音乍然响起："谁？三更半夜胆敢在本少爷的花园里吵闹，活得不耐烦了吗？"

咦？这声音怎么这么耳熟？

凌楚楚觉得有些奇怪，借着花木的遮挡，从缝隙里悄悄朝外

看，只见庭院中站立着一个年轻的男子，如水的月光照在他的脸上，刚好让她看清对方的长相。

那贼眉鼠眼的一张脸，赫然就是当初被她在天然居揍了一顿的柳思祥呀！

凌楚楚悄悄回头，将这个发现告诉了胡九辰："狐狸，你还飞得动吗？趁他还没喊人，我们快点儿逃跑吧！"

胡九辰听说对方是柳思祥，眼中顿时闪闪发亮："逃，我们为什么要逃？我们得靠他带我们出去呀！"

凌楚楚心想，胡九辰一定是摔下来的时候把脑袋摔糊涂了，他又不是不知道自己和柳思祥之间有怎样的恩怨，如果自己被发现，柳思祥肯定会敲锣打鼓地喊人来抓他们。

她来不及阻拦，就见胡九辰一跃而起，三步并作两步地跨到了柳思祥面前，将长剑抵上了对方的脖子。

胡九辰装出穷凶极恶的样子，吓唬柳思祥道："不要喊，不然我现在就杀了你！"

柳思祥吓坏了，死死咬着牙，生怕发出一丝声响就会被这个暴徒杀了。

柳思祥也是倒霉，卧床休养了几天，刚能下床走动，夜里睡不着出来散心，没想到祸事从天而降。

凌楚楚心里的石头终于落了地，从花丛中兴奋地跑了出来："现在我们该怎么办？"

"他是柳尚书的宝贝独子，自然对自己家十分熟悉，让他带我们走出去。"胡九辰胸有成竹地说，"就算遇到有人追杀，有他做人质，谁也不敢拿我们怎么样。"

今晚只有他和四喜两个人，还带着一个拖油瓶凌楚楚来闯尚书府，是他托大了。

谁也不会想到，小小一个尚书府戒备居然如此森严，在前门埋伏了如此多的弓箭手……

凌楚楚觉得胡九辰真是太机智了，她也学着胡九辰恶狠狠地道："除了前门，还有哪条道可以出府的，赶快带路！"

"两位大侠遇上我，真是天意呀！"柳思祥一边狗腿地带路，一边奉承道，"根本不需要拿我当人质，刀光剑影的太危险了。就在这个院子里，有个密道直通府外僻静隐秘之地，本少爷小时候经常悄悄从这里溜出去玩。除了我，别人都不知道。"

这么巧？凌楚楚得意地看了一眼胡九辰，意思是，要不是我刚刚拽你头发，你哪能这么巧掉在这个院子里，更别说有机会遇到柳思祥带咱出去了。

当柳思祥拨开厚厚的杂草，露出墙根处那个大黑洞的时候，凌楚楚脸上的表情僵住了。

她指着那个黑洞，不确定地问："这是……狗洞？"

"对呀！"柳思祥点头，"爬过这个狗洞，就可以到府外了。"

虽然在大塘村的时候，凌楚楚没少钻狗洞，偷别人家园子里的水果，但如今身份不同了呀。

大姐说过，堂堂一国副相，任何时候都要记得，不可以有失体统……生命诚可贵，尊严价更高！

可是，当生命和尊严真的摆在面前选择的时候，凌楚楚只犹豫了一秒就痛下决心：钻！没有生命，哪来的尊严？

于是，柳思祥在前面带路，她在后面紧紧跟上，钻进了这个又臭又脏的狗洞。

当凌楚楚从洞的另一边钻出来的时候，胡九辰已经在等着她

了，他还笑眯眯地逗她："从这个角度看，你还真挺像小狗的。"

凌楚楚气得不轻："你是怎么过来的？"

"我从墙头翻过来的呀。"胡九辰指了指高高的墙头，心里暗笑，自己再怎么说也是身份高贵、武功高强，怎么能跟他们做同样的事情？

凌楚楚气得不想再和胡九辰这个神经病说话了。

柳思祥在一旁狗腿地安慰道："小相爷，您的官职比我爹还高，何必跟一个侍卫计较呢？"他说完这句话后，凌楚楚和胡九辰陷入了沉默。

凌楚楚四肢僵硬，口干舌燥，脑筋却在飞快地转动，她到底是哪里露出了破绽？

拽了拽脸上的蒙面布巾，确定自己的脸被捂得严严实实的，凌楚楚故作镇定道："你……认错人了吧？"

柳思祥诚恳地回答："您放心，遮得很严，只剩一对眼珠子露在外面，就算是您亲爹也绝对认不出您来。可是我对您的印象实在是太深刻了……"

那天在天然居挨了一顿打之后，凌楚楚就成了柳思祥每晚的噩梦，只要一闭上眼睛，他的耳边就能响起凌楚楚的声音。

做了这么多天的噩梦，结果噩梦成真了，凌楚楚真的跑到了他的面前。

凌楚楚下意识地看了一眼胡九辰。胡九辰手里的剑立马抵在了柳思祥的脖子上，冷冷地道："既然你知道了她是谁，就只有死路一条了。"

"呜呜呜，大侠饶命啊，我不知道，我真的不知道他是谁呀！我刚刚都是胡说的！"

这时候，说什么都已经晚了。

凌楚楚瞧着柳思祥可怜兮兮的模样，想向胡九辰求情。

胡九辰却下了杀人灭口的决心，举着手里的剑，十分坚定地说："他爹偷了官仓的粮食，如果我们放他走，他爹立刻就会知道你的身份，肯定会对我们严加防范，你想找到粮食就更不可能了。"

凌楚楚无法辩驳，胡九辰说得太有道理，可是要她看着胡九辰杀人……她连杀鸡都不敢看。

就在凌楚楚犹豫不决的时候，柳思祥"扑通"一声跪在了地上，不停地磕头道："我知道粮食在哪里，我带你们去，你们放过我好不好？"

听到柳思祥的话，胡九辰缓缓收起剑，嘴边露出一丝狡黠的笑意。

夜色渐浓，尚书府里此时灯火通明。

柳尚书听说那三个贼人已经流窜进了内院，气急败坏地命令府内所有侍卫立刻展开全面搜捕，一旦发现，格杀勿论！

就在大家忙得人仰马翻时，凌楚楚和胡九辰早已不在府内。他们跟在柳思祥身后，一路狂奔，不一会儿就来到了城外码头。

胡九辰望着江边停靠的无数大船，恍然道："我竟然没有想到，如果那些粮食还没有来得及运出京城，整个京城还有什么地方比这里更适合藏那几十万石粮食？"

柳思祥讪讪地道："所有船帆上面挂着黑色十字标识的，都是装有粮食的。我爹将它们混在运往远方的货物之中，准备悄悄送去灾区，囤积居奇。"

"太没有人性了，灾民已经够可怜了！"凌楚楚狠狠瞪了柳思

祥一眼，原本觉得他就已经够坏了，没想到他爹比他还坏！

柳思祥很羞愧，他也是有一次来江边喝酒，无意中看到府里的管家与船家在此处鬼鬼祟祟碰面，心中起了疑心，跟踪之下才发现了其中的秘密。

虽然他纨绔叛逆，在京城中仗着亲爹的权位横行霸道，但他也知道盗窃官粮是大罪，被发现了是要杀头的。

无论他怎么劝说，他爹都不肯听他的。所以当他听到胡九辰和凌楚楚讨论寻找官粮的时候，并不只是为了自己活命，才透露了粮食所在。

而是因为他觉得这是一个机会，他爹犯下的错误，他应该竭力弥补。

他想求对方看在自己带他们来找粮食的分儿上，放过他爹。

可是，怎么也说不出口。

胡九辰精于世故、深谙人心，看柳思祥犹犹豫豫，顿时就明白了对方心中所想。

他终归不是多管闲事、赶尽杀绝之人，淡淡地许诺道："你放心，我们只为找回官粮，救小相爷于困局，并不想向皇上告发你爹犯下的罪行。还请你转告他，好自为之。今日之事，我和小相爷欠你一份人情，来日若有所求，可以来相府找我们。"

柳思祥被胡九辰宽广坦荡的胸怀感动得热泪盈眶，深深作了一揖，转身离开了。

夜风寒凉，吹得人神智清明，有些决定，做了就不后悔。

凌楚楚望着柳思祥离去的背影，心里也充满了感动，那个欺凌民女的纨绔子弟，此刻竟然变得有些可爱了。

她点点头，表示非常同意胡九辰刚刚的决定，一板一眼地说起

了"知错能改，善莫大焉"的大道理："或许以后有一天，柳尚书会认识到自己的错误的，说不定他会做一个好人。"

胡九辰听得不耐烦了，打断凌楚楚道："我同意放过柳尚书真的跟他知不知错、改不改没有一文钱的关系。"

"那……你是为什么呀？"

"因为人家手段比你狠、心眼比你坏呀，不放过他，你能扳得倒他吗？"胡九辰丝毫没有掩饰对凌楚楚的鄙视。

好吧，她承认，自己的确很笨很没用，比如眼下。

凌楚楚望着江面上这么多艘大船，深吸一口气，不知道该怎么办才好。

"数十万石粮食，这得多少人才能搬回岸上来呀！而且我们得尽快交给皇上，不然回头柳尚书又派人来把粮食挪走了可怎么办？"

胡九辰皱着眉头否定了她的主意："来不及交给皇上了，好好的粮食都已经装上船了，就应该尽快送去灾区，解决当地的燃眉之急。"

说完，他轻轻拍了拍手，一个矫健的影卫从不远处的柳树上轻盈地跳下，落在他面前。

他招手，在影卫耳边私语了数句，然后做出了今晚的最后一个决定："回府！"

狐狸安排的事情，一定都是最妥当的！凌楚楚这个晚上过得惊险刺激，同时也收获颇丰。

心里一块大石落下，她终于能安心睡觉了，可是才沾枕头没多久，又不得不爬起来上朝。

凌楚楚睡眠不足导致眼睛红肿，满朝文武见了她都纷纷揣测是

凌小相爷莫名卷入这官仓粮食盗窃一事，难以脱身，所以昨晚偷偷躲在家里大哭了一场。

除了凌氏一党，其他大臣暗暗在心里乐开了花，已经盼着明天早朝上看到凌楚楚被推出午门斩首。

这件事，就连昭宁帝都很期待。

早朝刚开始，禁军统领孙尚就匆匆赶来禀报发生了一件轰动全京城的大事，全城百姓都在涌向事件现场。

因现场秩序混乱，十分拥挤，必须向皇上汇报，请求派兵驻守。

昭宁帝满脸期待，难道上天又降下了什么不利于凌副相的示警来了？

他最近也太不走运了，各种天怒人怨的坏事都冲着他来。如果再出一两个幺蛾子，今天是不是就可以提前把他推去午门了？

孙尚满脸欣喜地告诉所有人："鼠神显灵了！"

今日一早，京城的江面上，无数大船突然插上了绘有鼠神肖像的大旗，禁卫军担心有人装神弄鬼，分头去各条船仔细检查过，结果发现所有船上都装满了粮食。

"皇上昨日下旨，让凌副相与鼠神协商，将粮食退回，很快就传遍了全城。没想到凌副相真的办到了！许多百姓亲眼看到江面上鼠神送粮的奇景，现在纷纷朝着江面跪拜鼠神，称凌小相爷手段通天，乃我大雍国之福星啊！"

啥？国之福星！昭宁帝差点儿一口老血没喷出来。

说好的三日之后推出午门斩首呢？

这才刚刚过了一天，祸国殃民的妖孽怎么就变成国之福星了？到底发生了什么！

与他怀着同样想法的，还有站在殿下的柳尚书。此刻他故作镇

定地低着头，没有人注意到他脸色苍白，身体细微的颤抖，出卖了他心中的恐惧。

只有他心里明白，那所谓的鼠神送粮是怎么回事。昨晚他命人在府中搜了整整一夜，都没能抓住那几个贼人，一定是他们！他们到底是什么来头，居然能在一夜之间完成这一切？

朝堂之上，文武百官议论纷纷，吵醒了原本在打盹的凌楚楚。她一睁眼，发现自己成了朝堂之上的焦点，所有人都用很奇怪的眼神打量着她，她连忙问站在自己身后的魏无忌："刚刚又说了什么？为什么大家现在都在看我？"

魏无忌也是一头雾水，他本能地想起那个手段诡谲的胡先生，除了他还有谁有这样大的本事，能够在一夜之间帮助小相爷脱离窘境？

可是，他不敢说。

一旁其他凌氏派系的官员，将孙尚统领刚刚说的话悄悄复述给凌楚楚。

凌楚楚听得目瞪口呆，没想到只是一夜工夫，臭狐狸居然玩出了这么多花样，昨天自己还深陷困境无法脱身，今天文武百官看着自己，脸上都写满了震惊。

这一刻，凌楚楚的虚荣心得到了极大满足，简直还有点儿膨胀呀！

凌楚楚心里暗暗决定，臭狐狸不仅帮自己解决了麻烦，还让自己出了这么大的风头，以后要对他好一点儿。

"皇上，既然鼠神已将粮食送回，臣请问皇上，究竟该如何处置江面上的那些粮食。"孙统领的话终于让官员们安静了下来。

昭宁帝气得不行，他指了指凌楚楚，赌气地说："既然粮食是凌副相跟鼠神要回的，那就让她来安排吧。"

君无戏言，他没想到自己这句话，散朝之后被文武百官、太监、宫女们在宫里宫外都传遍了。

　　所有人谈及凌副相能通神这种事，都要加上一句"这可是连皇上都承认的"！

　　而此时，凌楚楚想到那些食不果腹的灾民，完全没有犹豫地说出了自己心中最期盼的事情："所有粮食，立刻起航运往灾区，赈济灾民！"

　　话音刚落，魏无忌就心潮澎湃地跪下了，他一向狗腿，又懂得抓住时机煽情，此时正是拍马屁的好机会呀！

　　他声情并茂地大喊："小相爷贤德，心系天下万民，实乃国之福星啊！"

　　场面顿时失控了，文武百官都跟着他一起喊。

　　其中还有一些官员，因为跟凌如峰有宿怨，没少迁怒凌楚楚，朝堂之上常常和凌楚楚对着干，背地里也笑话他愚蠢无知。可是今日，大家都是发自肺腑地夸这个少年贤德，因为他真的做了一件造福万民的好事。

　　大殿之上文武百官都在夸"国之福星"，昭宁帝的脸色沉得都快能挤出水来了。烦死了！这个凌楚楚，真是太让朕糟心了！

第八章
才出虎穴，又入狼窝

散朝后，凌楚楚深深感觉到了鼠神带来的影响。

樊右相居然拉住她谈论了几句京城的情况，还夸她的建议新奇有趣、很有思想，这要是往常，他只会对着自己冷笑，说自己朽木不可雕也！

还有那宋太傅，往日遇到，只会当作没看见自己，要么就是用鼻孔对着自己，今日破天荒地放下架子，停下来跟自己谈了谈"达则兼济天下"和"子曰成仁，孟曰取义"之间的辩证关系，可是太傅大人，你的"之乎者也"太深奥，我一句也没听懂！

总之，今天的天都是蓝的，太阳也是暖的，每位同僚看到她都在点头微笑……春天还没到，凌楚楚却感觉冬天已经远了。

原本从金銮殿到宫门需要小半个时辰，可今日她足足走了两个时辰，她悄悄数了数，一共有八十三位她连脸都认不出来的陌生官员来跟自己聊了会儿天。

魏无忌跟在她身边一直小声惊叫："天哪！小相爷，您瞧瞧自己如今这人气！天哪，您红了呀！"

凌楚楚刚和八十三位大人聊过天，口实在干得很，不想在他这里浪费半点儿唾沫星子。可她没想到，魏无忌这个神经病一样的男子最奇葩的地方在于，即使你不搭理他，他也能自说自话，玩得很开心。

"小相爷，你为啥不说话呀？我知道，您不说话是有道理的，你如今可是鼠神背后的男人，当然要有点儿偶像包袱！"

凌楚楚想让他闭嘴，不然自己真的很难忍住不动手，但没想到自己还没动手，对方居然先动手了。魏无忌说到动情之处，突然扑过来，一把抱住她的大腿，声泪俱下道："小相爷，您日后若是高升了，成了大相爷，封了侯，可千万不要忘了无忌呀！我可是您最忠心的下属呀！"

132

这一回，凌楚楚终于没忍住，一拳头，把这个聒噪的家伙给打晕了。

世界终于清静了。

有同僚默默上前，将晕倒在地的魏无忌拖走，心中肃然起敬，凌小相爷不愧是能得鼠神垂青的人，无论何时何地都是一身正气，对待魏无忌这种爱溜须拍马的人丝毫没有姑息，真是和他爹凌老相爷不大一样呢。

凌楚楚走出宫门的时候，四喜站在马车旁已经打了两个盹儿，抬头瞧见少爷，连忙喊："少爷，您快点儿！大小姐让我来接你去北城，咱们相府的人一大早都去北城施粥去啦。"

凌楚楚赶到北城的时候，相府在北城的施粥活动正进行得如火如荼。

原本只有两口锅，结果由于灾民多得超出了他们的想象，速度根本跟不上。后来凌凤喜当机立断，命人又取了七八口锅过来煮，这才将局面稳稳控制住了。

昨天这里有人饿得奄奄一息，也有人饿得大打出手，处处弥漫着一股绝望而暴戾的气息。可今天，灾民们在施粥的铺子前排起了又长又齐的队伍，每个人脸上都带着淡淡的微笑。看得凌楚楚啧啧称奇。

米粥的香气弥漫了整条街，驱散了饥饿。

凌楚楚深深吸了一口气，肚子也"咕咕"叫了起来。

四喜拽着凌楚楚跃跃欲试道："少爷，我们也去排队领粥吧？今天早上我只吃了五个包子，现在又饿了。"

"好呀好呀！"凌楚楚也很心动。

没想到，刚站到队伍的后面，凌楚楚就被一直远远盯着她的胡九辰给揪了出来。

胡九辰瞅着主仆二人流口水的馋样儿，教训道："你们这两个饭桶，要是去了，一碗粥够你们喝的吗？"

"我们可以多要几碗呀！"

"那还是算了，你们要是排在队伍里，后面的人就惨了，因为粥都会被你们喝掉。"胡九辰板着脸数落道，"昨天你姐还夸你懂事，知道关心民生疾苦，怎么今天你就现原形了。跟灾民抢吃的，也不觉得丢人！"

凌楚楚沮丧地垂下了脑袋，喝口粥怎么就这么困难呢！

就在这时，前方的人群突然嚷了起来："大小姐出来了，相府大小姐亲自出来放粥啦！"

关于凌凤喜皇后命格的传说在民间传得尽人皆知，京城的老百姓都知道，但是从来没见过凌家大小姐本人，所以一听到有人喊大小姐亲自来放粥，大家都拼命往前挤，想要看清楚凌大小姐到底长什么样。

凌凤喜穿着一身桃红色的夹袄，系着白色围脖，妆容清丽，眉目如画，实在是一等一的大美人。

凌楚楚远远看着，心里一阵羡慕，她也是个女孩子，也想穿上这样漂亮的衣服，再让四喜给她化个梨花妆，肯定也美死了。

她正美滋滋地幻想着，冷不防被胡九辰打断了："凌楚楚，你在傻笑什么呢？"

凌楚楚瞬间清醒，罪过罪过，要是被胡九辰知道自己怀着这样的想法就惨了，会罚她抄写十遍《大丈夫语录》……

想到那本厚厚的语录，凌楚楚就暗暗叹气，还是继续做个大丈夫吧。

134

她并不知道，就在不远处的高楼之上，一双眼正死死盯着她。

那个人不是别人，正是龙三。

他今日一大早特地来这里，就是想亲眼见证灾民暴起伤人，将整个京城拖入一片混乱之中。

出乎意料的是，他等了两三个时辰，肚子饿得"咕咕"叫，那些灾民都没有造反，反而整齐有序地排起了队。他为了看好戏，连早饭都没吃，结果让他看这个？

下人告诉他是凌相府在施粥。有吃的，谁还造反呀？脑袋进水了才拿自己的性命开玩笑！

又是相府！龙三咬牙切齿，他昨天派出去的密探回来报告说，一路尾随姓凌的小子进了凌相府邸。他早就觉得那小子不是等闲之辈，没想到居然是凌府的人。

凌府的人怎么会突然出现在贫民窟，而且这么巧救了小七，难道是查到自己头上来了？

就在他越想越深，越想越觉得情况不妙的时候，他的密探小甲"噔噔噔"地跑上楼来，向他汇报："太子殿下，柳尚书府上昨晚被贼人闯入，据说有重要情报被窃听。柳尚书命人封锁大门，全府搜捕，最终让贼人逃脱了。"

龙三哈哈大笑："柳老头还跟我吹牛，说自己的尚书府守卫森严，有枪林箭雨，连苍蝇都休想飞进去！现在被打脸了。"

然而他的幸灾乐祸并没有持续多久，密探小乙也匆匆跑来，跑得上气不接下气地说："太子殿下，不好啦！鼠神……鼠神显灵啦……"

什么？龙三眼睛瞪大，他和柳尚书早有勾结，自然知道鼠神是柳尚书为了嫁祸凌相府搞出来的把戏。对于显灵这种事，他压根是不信的，肯定又是柳老头搞出了什么新花样。

小乙看自家太子殿下完全没当回事，急了："今天一大早，全京城的老百姓都看到了。凌小相爷真的说服鼠神把粮食都还回来了，就在码头那边的江面上，好几十艘大船呢！"

"什么？你这个笨蛋！那哪是显灵，分明是有人把粮食找到了！"龙三气得暴跳如雷，他怎么养了这么一群废物，这么明显的事情都看不出来。

坏消息一个接着一个，把计划全都打乱了。龙三来回踱着步子，憋屈和愤怒的火焰在胸口熊熊燃烧着，这个时候，他不断提醒自己，要冷静，一定要冷静。一定是哪个地方出了问题，是哪里呢？

突然他一拍脑袋，朝窗外望去，他的视线落在凌府施粥的地方。

所有的迹象都指向凌府，他想了想，道："通知小七，立刻撤离城西的宅院。还有，给我收集凌府的资料，特别是最近风头正劲的凌小相爷。"

凌楚楚还不知道自己已经被人盯上了，眼前让她比较头痛的，是魏无忌。

下朝之后，两位好心的同僚原本要送被凌楚楚打晕的魏无忌回家，结果刚把他抬上马车，他就醒了。

听说凌楚楚丢下他独自来了城北，魏无忌把两位同僚狠狠斥责了一顿："你们怎么这么笨？你们应该把我抬去小相爷的马车上呀！"

两位同僚干笑，腹诽道：人家小相爷愿意让你这狗皮膏药上他的马车吗？

魏无忌快马加鞭追来城北的时候，凌楚楚正站在一个偏僻的角

落里听影卫跟胡九辰汇报情况。

"九爷，属下在监视尚书府的动静时，发现有人鬼鬼祟祟溜出尚书府，我等一路跟踪，发现他去了城西一处宅院，属下没有打草惊蛇，一边派人打探宅院主人的底细，一边赶来向您汇报。"

"哦？"胡九辰有些感兴趣，"这个宅院有什么特别？"

"属下发现，宅院中藏有不少高手，而且，有人进出黑市与贩卖火药的小贩交易。属下抓住了其中一个，严刑拷打，他终于交代了，原来，他们来自'龙门'。"

"龙门？"胡九辰皱眉，他们和柳尚书也有勾结？那这件事就变得更复杂了。

传说中，龙门是前朝轩辕太子建立的神秘组织，势力盘根错节，横跨江湖与朝廷，为了光复轩辕皇族荣耀，一直与当今朝廷作对。三年前，朝廷曾命精英围剿，一举捣毁了其总坛所在，龙门因此元气大伤，余下爪牙从此潜伏起来。如今，龙门又出现在京城，其用意不言而喻。

魏无忌也是朝中五品官员，跟随凌相多年，自然知道大雍皇室和轩辕氏之间的血海深仇，所以当他听到龙门也介入这件事后，脸色顿时变得严肃起来。

只有凌楚楚不明白发生了什么。

当影卫带着他们到达龙门中人藏身之地时，凌楚楚惊叫起来："这……这不是龙小七的家吗？"

还没来得及再说什么，凌楚楚的嘴巴已经被魏无忌迅速地捂上了。

相府大门紧闭，会客厅内气氛十分凝重。

凌楚楚在回来的路上想了好久，才突然明白过来："你们的意

思是，龙小七就是你们说的龙门中的人？"

魏无忌点头："小相爷，以后在外面，千万不能承认你认识那个龙小七，他是反贼！"

"怎么可能？"凌楚楚表示不信。她将自己昨天如何从灾民手中救下他，然后送他回家，最后坚拒龙三贵重赏赐的过程一股脑讲给他们听，摊手道，"你们见过这样的反贼？"

胡九辰却从凌楚楚说的这几件事里听出了端倪："相传当年轩辕王室的太子排行老三，这位龙三，应该就是他。按照这个推断，龙小七应该是七皇子。他们出入城北贫民窟，同时勾结柳尚书窃取粮食，很明显是想煽动那些灾民在京城闹事，甚至造反。"

凌楚楚沉默了。她不愿相信那个傻里傻气的龙小七会是反贼，可是狐狸那么聪明，他说的话怎么会有错呢？

胡九辰安慰她："剩下的事情就交给我和魏无忌吧！你刚刚不是喊着饿了吗？去吃点儿东西吧。"

凌楚楚点点头，和四喜一起回卧房了。只剩下胡九辰和魏无忌相对而坐，他们沉默了许久，像一场漫长的拉锯。

"柳尚书——"

"不可以！"

几乎是异口同声，他们彼此都明白对方心里的想法。

龙门大概是提前收到了风声，所以撤离得干干净净，虽然胡九辰刚刚写了封匿名信指出龙三之前藏身之所，让影卫神不知鬼不觉地丢在大理寺卿的案桌上。可他明白，大理寺的人去了那里也找不到任何有用的东西。

眼下唯一的线索，就是柳尚书了。

胡九辰起了动他的念头。

但是魏无忌不同意，他哑着嗓子道："如果老相爷也参与了

盗取官粮，那他岂不是和柳尚书一样也有不臣之心？若是动了柳尚书，万一他在严刑拷打之下说出真相，只怕这相府中所有人都要陪葬。"

屋外，凌楚楚脸色苍白，手里还抓着几个窝窝头，原本是她特地从小厨房拿来给他们吃的。

而现在，进去不是，转身离开也不是。

凌楚楚抬头看了看天，上午还是阳光明媚，此时却是铅云低沉，似是沉甸甸地压在心头，让人喘不过气来。

京城的冬天，越来越冷了！

大半个月的时间眨眼间就过去了。

一直想找凌楚楚麻烦的公主，听说他如今深受朝廷内外拥戴，被气得急火攻心，卧病不起。不用陪公主读书，让凌楚楚过了好些天的逍遥日子。

官粮事件后，鼠神对凌府小相爷青眼有加、降下神迹的消息长了翅膀似的传遍天下，凌楚楚一下子成了百姓们茶余饭后的谈资。

京城的书馆茶楼，老百姓最爱听的就是凌小相爷的故事，她不仅在朝堂之上为灾民请愿，还在城北贫民窟施粥救济，贤德之名深入人心。因为这个缘故，她在朝中的地位也越发稳固，原本对她嗤之以鼻的官员，如今不仅在朝堂上对她礼遇了几分，议事之时也常爱问一问她的意见。

凌楚楚受到这样的关注，再也不敢在朝堂上打瞌睡了，每日认认真真地参与朝政，日子居然倒也过得自在。

唯一的波澜发生在三天前，大理寺突然收到一封密信，告发柳尚书与"龙门"勾结，意图谋反。昭宁帝见到从尚书府搜出的铁证，龙颜大怒，将柳尚书一家老小打入大牢，听候发落。

凌楚楚得知消息后，央求胡九辰想办法，让她悄悄去大牢找柳尚书问个清楚，她爹到底有没有参与到谋反的事情中来。听了她的这个要求，胡九辰冷冷地拒绝了她："私见谋逆钦犯，若是被皇上知道了，怀疑你是同党，你就是跳进黄河也洗不清！"

这天晚上，胡九辰出门了，说是去打探最新消息，让凌楚楚安心在家等着。

就在凌楚楚茶饭不思、坐立不安的时候，院子里突然传来"哎哟"一声，伴随着重物落地的声音，凌楚楚一个激灵，意识到院子里可能进贼了。她连忙抄起手边的一根木棍，轻手轻脚地挪到门后面，刚藏好，门闩就被人拨开了。

一个脑袋小心翼翼地探进来，接着是上半身……

就是现在！凌楚楚瞅准时机，一棍子狠狠打下去，打得对方杀猪似的号叫："救命啊！好汉饶命啊！有话好说……要打死人了！"

咦？这声音好熟悉，凌楚楚连忙停下手，一把扯下对方蒙在脸上的黑巾，惊讶道："柳思祥？你怎么会在这里？"

柳思祥"哎哟哎哟"直叫唤："小相爷，您下次下手能不能轻点儿，你知道为了见你我有多不容易吗？骨头都快被你打断了！"

凌楚楚干笑了两声，心想谁让你鬼鬼祟祟不走正门，非要爬墙呢？

"你不是应该在大牢里关着吗？难道……"凌楚楚只想到一种可能性，脸色顿时沉了下来，"你越狱了？"

柳思祥摇头道："我没有越狱，我是从头到尾都没被抓进去。"

"啥？"

柳思祥将事情原原本本地告诉了凌楚楚，原来大理寺来尚书府抓人的那天晚上，他刚好溜出去玩了，为了不让家人发现，他特地

吩咐自己的随从扮作自己在屋里睡觉。

等到他尽兴返家时，远远就看到家中大门已经被贴上封条，全家老小都已经被打入了死牢。

凌楚楚明白了，现在被关押在大牢中的"柳思祥"，其实只是一个随从而已。大理寺的官员认识柳尚书，却不认识柳思祥，抓错了也是正常的。

柳思祥"扑通"一下跪倒在她面前道："小相爷，求求您，救救我爹吧！"

凌楚楚把头摇得跟拨浪鼓似的："你爹犯的可是谋逆之罪，我怎么救得了他？"

"您带我去见他，我可以劝他跟皇上自首，供出那个龙门的秘密计划，还有同谋，求您帮他呈交给皇上戴罪立功。皇上一定会宽恕他的。"

听了柳思祥的话，凌楚楚心动了，就算不为柳思祥，她也很想见见柳尚书。

如果柳尚书供出的同谋里有爹，就立刻将供书撕了，让他重新写！凌楚楚觉得自己这个主意特别棒。

虽然凌楚楚的心里如此想着，表面上，还是为难地说："他们现在都在大理寺大牢里关着呢，我进不去呀。"

"没事，我已经买通了一个洒扫的嬷嬷。每天晚上这个时候，犯人刚用过晚膳，牢头们也去用膳了，只有嬷嬷在大牢长廊里做些洒扫，我们就趁这时候进去。"

"你好烦，外面这么冷，都不想出门呢！"凌楚楚装作不耐烦的样子，矫情地说，"好吧，既然你非要我去，那我就勉强陪你走一趟吧。"

借着夜色的掩映，凌楚楚和柳思祥悄悄来到了大理寺大牢的外面。

柳思祥学了两声狗叫，也不知道从哪个角落里突然冒出了一个年老的嬷嬷，走路无声无息的，把凌楚楚吓了一跳。

老嬷嬷把扫把递到他们手里道："牢头们小半个时辰后就会来换岗，你们跟在我身后进去。不要东张西望，更不得喧哗！"说完，她推开了大牢那扇厚厚的铁门，带着他们一路向前。

凌楚楚跟在后面，勉强忍着扑面而来的阴冷湿气和难闻的怪味儿。

跟胡九辰说的一样，这里真不是人待的地方。

老嬷嬷带着他们走到最里面那间牢房道："就是这里了。"

柳思祥一个激动，连忙跑到牢房门口喊："爹！娘！你们在里面吗？"

牢房里静悄悄的，一点儿声音都没有。

凌楚楚觉得有些不安，就算睡着了，可牢房里关着好几个人，怎么会没有任何回应？

更让她不安的是，这一整排牢房都安静得有些诡异，像是……空的。

就在这时，更诡异的一幕发生了，柳思祥轻轻拍了拍牢房的铁门，想要让里面的人听到，可是那门被他一拍，"嘎——"一声，开了。

"怎么回事？"凌楚楚脑袋一空，不知道该做何反应，她眼睁睁看着柳思祥冲进了牢房，然后传来一声撕心裂肺的惨叫："爹——娘——"

空旷的牢房里，回声悠长，凌楚楚感觉冷汗一点儿一点儿从脊背上冒出来，似乎有什么非常恐怖的事情发生了。

这时候，老嬷嬷也吓得不轻，她连忙往里跑，想看个究竟，结

果看到柳尚书夫妻二人，还有那个冒牌的"柳思祥"，全都七窍流血地倒在地上，没有一丝气息了。

凌楚楚被这一幕吓得一屁股坐在地上。

无论柳思祥和老嬷嬷喊得多么惊天动地，整座牢房都没有一丝回应。其他牢房的犯人和外面的牢头，都像是消失了一般。

凌楚楚的心一点儿一点儿沉了下去，她也想跟他们一起喊，可是嘴巴哆嗦着不听使唤，完全发不出一点儿声音。

长廊里油灯昏黄，将凌楚楚的身影映在对面墙上，明暗不定。

就在这时，凌楚楚突然发现，自己影子的旁边不知道什么时候出现了另一道长长的影子。

那道影子缓缓举起了一个刀状的物件，朝自己的影子砍了下去……

倒地的那一刻，凌楚楚真的好后悔，不该不听狐狸的话，贸然前来这里。

凌楚楚睡了很久，做了一个悠长的美梦，美得她都不愿醒过来。

梦里她成了一位英姿飒爽的女侠，行侠仗义、劫富济贫，做了许多好事。

她骑着马，所到之处，百姓无不夹道欢迎，高声喊她："凌女侠！"

她朝人群挥着手，一颗小心脏膨胀的哟。

可这个时候，一个身形挺拔、俊俏风流的少年从人群中缓缓走来，所有人看到他都自动让出一条道来。

"凌楚楚，在外面疯够了吗？快跟我回去背书练字当丞相！"

凌楚楚定睛一看来人的脸，顿时吓傻了，这不是狐狸吗？

第八章 才出虎穴，又入狼窝

143

胡九辰简直就是她的克星、她的噩梦！她看见他，下意识地往后缩了一下，一不小心就从马背上摔了下来。

凌楚楚"啊"地惨叫一声，直起身子，身上的被子也被她一脚踢到了地上。

"醒了？"熟悉的声音在耳边响起，凌楚楚迷迷糊糊地转过头，看到一张熟悉的脸，龙……龙三……太子？

她想起对方是逆贼的身份，吓得一个激灵，瞬间醒了。

龙三点头："凌兄弟，还认识我吗？我是龙三。能再次相见，说明我们缘分不浅。"

是啊，缘分，都是孽缘啊！凌楚楚心里苦，但是嘴上说不出。

她明明记得，有个人影朝自己挥起了刀子，按说，自己现在早就死了，到底是怎么回事？

龙三看出她心底的疑惑，解释道："是我的属下把你带回来的，这里是龙门。"

凌楚楚后悔不已，不该不听狐狸的话，好好在相府待着多好，非要去大牢。这下好了，直接被拐进龙潭虎穴里了。

她越想越害怕，所以没注意到龙三看向自己的脸上，露出越来越感兴趣的神情。

"你在想什么？"龙三的脸突然在凌楚楚面前放大，吓了她一跳。

龙三凶名昭著，又靠得这么近，凌楚楚吓得直哆嗦，一紧张，结巴起来："没……没什么，我……我……我，只是有点儿冷……"

她在心里暗暗对自己说，凌楚楚，你要镇定！先稳住对方，哄得对方开心，再找机会逃跑。上次你就成功逃脱了呀！这次也可以！

144

龙三听她说冷，连忙对下人招手道："来人，来三杯琼浆玉液酒，给凌兄弟暖暖身子。"

三杯！会不会有点儿太多了？

那是一种凌楚楚从来没见过的酒，琥珀色的酒液盛放在白玉杯中，绽放着晶莹剔透的光泽，远远就散发出一股淡如幽兰般的气息。

"好香啊！"凌楚楚深吸一口气，脸上露出沉醉的神情。

龙三微笑道："对，这可是我们龙门的宝贝。凡人喝了，能增十年阳寿，百毒不侵；若是练武之人喝了，能增一甲子功力。"

延年益寿，百毒不侵？真的假的？这种天上掉馅儿饼的好事，凌楚楚只听村里的说书先生说过，没想到居然能落到自己头上，她连忙接过酒杯，轻轻抿了一口。

冰凉的酒水味道很淡，一下肚顿时就觉得有一股暖流从心口升腾而起，朝四肢百骸而去，原本快要冻僵的手脚顿时都暖洋洋了，全身上下说不出的舒服。

凌楚楚来京城，只喝过天然居的竹叶青，虽说是闻名京城的佳酿，但是哪有这么明显的效果。她暗想，龙三果然没有说大话，这酒真是好东西！

好东西就不该浪费，她也不客气，仰着脖子将剩下两杯都喝光了。

龙三亲眼看着，脸上露出一丝诡异的笑容，鼓掌道："好！凌兄弟年纪轻轻就位极人臣，也不枉本太子拿这么好的酒来招待你。"

凌楚楚顿时警觉，装作没听明白地笑道："龙三哥又说笑了，什么位极人臣，我怎么听不懂呢？"

"呵呵呵，凌小相爷，你是真当我是傻子吗？"龙三冷笑，

"你的底细，我早就派人查清楚了。只是可惜，你第一次出现在我府上，我竟然没有看出你是大名鼎鼎的凌小相爷，要是当时把你留下来，也不会让你有机会破坏我苦心筹谋多年的计划！"

凌楚楚感觉一盆凉水浇在了脑袋上，原来自己的身份已经被看穿了，这下想逃跑就更难了。

龙三完全想不到，自己的计划被一个个地破坏，全都是凌楚楚误打误撞捡的便宜。

他哪里能想到，官粮被找出来，居然是柳思祥悄悄透露的。更想不到，凌楚楚去贫民窟查探情况，也不过是胡九辰想要审问魏无忌，把她支开的，这也间接导致了后来凌府施粥的做法。而这一做法，又恰巧化解了他煽动灾民作乱的意图。

一切就是这么巧，老天爷不但帮了凌楚楚，还帮了一次又一次。

但是龙三不会相信，凌楚楚运气有这么好，他反而觉得对方肯定有很厉害的实力，如今在自己面前表现出一副傻乎乎的样子，只是在扮猪吃老虎。他不会上当！

自从查到凌楚楚的详细信息后，龙三就铁了心地认定，凌楚楚当初送小七回府时，就已经知道了自己的身份，在那种情况下还敢深入敌营刺探军情，不只聪明机智，还胆色过人，简直是自己的生平劲敌。

这种人，不能为自己所用的话，就必须除掉！

想到这里，龙三霸气地说道："既然喝了我龙门的宝酒，自然也应拜在我的麾下，替我做些事了。"

凌楚楚提防地看着他道："你要我替你做什么事？"

"我龙门与当今朝廷顾氏皇族有不共戴天之仇。我们原本计划在五天后的皇族祭典上刺杀狗皇帝。"

什么？凌楚楚吓得一哆嗦，手里的酒杯顿时掉在地上摔得粉碎，背上直冒冷汗。她结结巴巴道："你……你，不是在……开……开玩笑吧？要我帮你刺……刺……刺……刺杀皇，皇……皇……皇上？"

龙三点了点头，又摇了摇头："原来我们是这么合计的，那时候我也没料到，我派的人在去大牢灭柳尚书满门的时候，会意外将你带回来。有了你，我改主意了。"

呼——吓死她了，凌楚楚长出一口气，拍了拍胸口，改主意就好，刺杀皇上可是死罪，而且是诛九族的死罪！

狐狸说过，她最近因为鼠神的事情在朝野内外声望日隆，已经引起了皇上的忌惮。如果还敢不怕死地行谋逆之事，岂止九族，皇上肯定得把她的十八族都找出来诛一遍。

龙三看着凌楚楚胆怯的样子，笑眯眯道："你好歹也是朝廷重臣，干这种事，太屈才。所以我决定，不刺杀了，改为绑架！杀了他，天下大乱了可怎么办？我还得费心思去一统天下呢，多累心！活捉他，挟天子以令诸侯，才是上上策。"

凌楚楚刚刚放下的心顿时又吊了起来，有区别吗？这可比刺杀难度大多了！

龙三并没有急着要求凌楚楚答应他的要求，他只是让凌楚楚再好好想想，明天答复，就离开了。

龙三一路穿过数个院子，到了小花园的凉亭，凉亭里坐着一个人。

此人穿着一身暗色锦袍，锦缎上用金线绣着花纹，低调之中透出几分华贵。他虽然背对着龙三，腰板却挺得笔直，举手投足间自有一种剑在鞘中隐而不发的凌厉气势。

龙三心里暗赞，不愧是戎马多年的军侯。若说这世上还有能让他折服甚至畏惧的人，眼前这位，算其中之一。

可跟对方合作多年，龙三深知对方狡猾似狐、狠辣如狼，十分厉害，连忙收敛了其他心思，笑意吟吟地道："侯爷多年不见，风采依旧，怎么突然来了京城？虽说如今边关稳固，一切尽在您的掌握，可京城毕竟是是非敏感之地，您未得圣谕就悄悄潜回，不怕皇上知道了治罪？"

"多年不见，龙三别的本事没什么长进，倒是这牙尖嘴利的本事长了不少。若是把这点儿心思都花在大事上，又怎么会让多年谋划化作流水？"对方冷冷嘲讽道，"一点儿小事都做不好，如今你还有继续在京城待下去的必要吗？不如归去。"

说话间，他缓缓转过身来，露出一张坚硬刚毅的脸，两鬓花白，脸上布满了沟沟壑壑的皱纹。

看到这张脸，龙三心绪有些复杂，这位威远侯胡青杨乃大雍朝第一武将，用兵如神，曾是大雍朝先帝的拜把子兄弟，在边境征战数百场，从未败过一次。他当年镇守南疆，生生将南疆各部族赶入丛林深处，不敢来犯，如今本该在北戎边境驻守。

当年，就是胡青杨率兵攻打自己的大本营，几乎歼灭了自己手下所有精锐。也是他，最后关头放了自己一马，愿意助自己复国，却要自己立下重誓为他做一件事。

事隔多年，恍如昨日。这些年，他听从胡青杨的吩咐，蛰伏爪牙，在对方的支持下悄悄招兵买马，龙门之人遍布天下，已经重新拥有了搅动风云的力量，于是野心的种子再次萌芽。虽然他不甘一直为对方所用，但眼下还没到翻脸的时候。

尽管胡青杨的态度十分轻慢，但是龙三依然忍了下来，强笑道："侯爷来了，就什么麻烦都不怕了，龙三恭请您在此主持大

局，相信——"

胡青杨打断他："不必了，我此次来京另有要事，不能久留。那个什么小相爷既然已经落入你手里，我相信你能反败为胜，千万不要叫我失望。去吧！"

瞧着胡青杨完全没把龙门基业放在眼里，龙三心头暗喜，没有这个老东西在这里指手画脚，自己才能放开手脚，将京城搅得天翻地覆。他点头退下。

就在龙三的身影消失在园中之后，花丛暗影之中慢慢走出一个人，若是凌楚楚此刻见到，定然会大吃一惊，一个月前与他们走散的卷嬷嬷，居然出现在龙门之中！

卷嬷嬷毕恭毕敬地跪下道："侯爷，您唤老身前来——"

"卷嬷嬷，我让你跟随辰儿进京，然后找机会和他走散，来这龙门卧底，按兵不动等候差遣。如今，是你发挥作用的时候了。"胡青杨负着双手，吩咐道，"龙三虽是我手中的利刃，却也有他的野心。你就做我的耳目，悄悄替我盯着他的一举一动。如有不轨，立刻禀报。"

"老身遵命！"卷嬷嬷接下差事，犹豫道，"侯爷此次来京，可是为了小侯爷？"

胡青杨点头："他潜伏相府够久了，到现在也没查出什么线索，反而坏了本侯好几件大事。本侯这次来，就是想带他回去，不能由他这么任性下去了。"

"可是，小侯爷那脾气，您也不是不知道，为了助您完成大业，他潜伏凌如峰那老匹夫身边，找寻宝藏下落。即使那老匹夫突然中风了，他也不肯放弃，甚至不远万里将小相爷带回京……"

"这个臭小子！性子跟他娘一样倔，不到黄河心不死！"胡青杨想起那个女子，脸上难得露出一丝温柔的神色，不禁叹了口气。

当年她若不是那么刚烈，何至于……思绪翻涌，胡青杨眼中仿佛映着十八年前的那场大火，那场火足足烧了三天三夜，烧得整个京城都能看见，将所有的一切都烧成灰烬。

所有的卑鄙和罪孽，所有的背叛和决裂，所有的伤心和绝望……都随着大火，卷进了历史的尘埃里，没有人知晓。可是活着的人，依然怀着满腔憾悔和愤恨。

迦若，你怎么就能这么死了呢？

胡青杨深吸一口气，渐渐平静了心绪道："连父侯的话都不信，简直岂有此理！不过这件事也不难，那个小相爷刚落到龙三手上，我已命龙三尽快取她的性命，这样，他也无法在相府久留了。"

他豪迈大笑，露出胜券在握的神情，仿佛一切都已在算计之内。

卷嬷嬷由衷称赞侯爷算无遗策，表情平静一如往常，只是低下头不让胡青杨看见自己眼底深藏的暗涌。

此时厢房内，凌楚楚还不知道自己的小命因为胡青杨的一个念头已经危在旦夕。

她在床上翻来覆去，怎么也睡不着，正在谋划要怎么逃离这里的时候，门突然被敲响了。

谁？她不敢吱声，怕龙三突然改变主意，回来杀了自己。

"凌大哥，你在吗？我是小七，你快开门，我来找你了。"

凌楚楚此刻的感觉，像是在黑夜中走了二十里路，心力交瘁得快倒下了，突然看见天边出现一线光明。

她连忙一个鲤鱼打挺，从床上起来，打开房门。

龙小七吃力地抱着两床被子，站在门外朝她傻笑："凌大哥，

我听三哥说你被他抓过来了，担心你怕黑，所以来陪你。"

凌楚楚面无表情道："明明是你怕黑吧。"

"哎呀，这个不重要。天气这么冷，咱们两个人挤在一起睡，更暖和。而且咱们还可以抵足谈心呀，我有好多话要跟你说呢！"龙小七雀跃不已，完全没有感受到凌楚楚满脸的不愿意，在她还没来得及开口拒绝之前就跑进了屋子，动作麻利地把床铺好了。

然后龙小七准备脱衣服，钻被窝。

瞧他这架势，是真的准备睡觉了，凌楚楚慌了，男女授受不亲的道理，卷嬷嬷可是教导过她的。她顶着一个男子的身份，但毕竟是女儿身、女儿心呀，绝不能和一个男子同床共枕。

凌楚楚连忙叫停道："等一等，不要睡！"

"啊？你大晚上不睡觉？"龙小七惊讶道，"难道你有失眠症？"

"对，我有！我有病，就是这个病！"

龙小七沉默了，他只是随口说说，没想到凌大哥还有这样复杂的病症，真是太可怜了。

触及对方的伤心事，龙小七有些歉疚，安慰凌楚楚道："凌大哥你放心，我不会嫌弃你的！明天我就去给你找个大夫来，咱们好好治，一定能治好的。"

"不，治不好的。你不要可怜我，我病得很重！"凌楚楚一边说，一边在心里抽自己嘴巴。呸呸呸，老天爷可千万不要应验啊，她这是为了"保全名节"，不得不诅咒自己。

龙小七神情悲伤地望着她，感觉像是找到了知己："凌大哥，我能明白你的痛苦。其实我和你一样，也有治不好的病。"

"啊？"

"我有便秘之症，三哥特地找了名医来看，都说这是娘胎里带

出来的火毒，无法治愈。"

凌楚楚听得傻眼了，她并不想知道这种私隐之事，为什么要告诉她这个？

让她更傻眼的事情是，龙小七握住她的手，坚定地说："睡不着没关系呀，我可以陪你说话到天亮呢。"

凌楚楚感觉自己被逼到了绝路，她终于豁出去，做出一个连自己都不敢相信的决定：更加恶毒地诅咒自己！

"我岂止有失眠症，我还有梦游症。"凌楚楚吓唬龙小七道，"我睡觉的时候，家里人都把自己屋子的门关得紧紧的。因为我有个坏习惯，喜欢去厨房里拿刀乱舞，跑到每个房间里……"

老天爷，我真的是被逼无奈啊！

龙小七瞪大眼睛，听凌楚楚说完，狠狠咽了口口水，默默地收拾被子，放弃了和凌大哥一起睡觉的打算。

凌楚楚松了一口气，突然灵光一闪，这么单纯的少年，简直是自己逃出生天的救命稻草呀！

她连忙拦住龙小七："反正也睡不着，我们一起出去走走吧？"

出去？龙小七果然上当了，放下了手中的被子，决定陪一陪凌楚楚，让她开心一点儿，勇敢与病魔作斗争。

就这样，他带着凌楚楚走出了屋子。

有龙小七的陪伴，森严的守卫纷纷放行，凌楚楚完全没有受到任何阻拦。片刻后，龙小七指着面前一扇门道："凌大哥，这就是整个府院的后门，出了门就是府外。我们该回去了。"

"别呀！既然都到这儿了，我们再出去转转吧？"凌楚楚一边说一边往那扇门走去，她的眼睛死死盯着那块小小的门闩，只要打开那扇门，就能逃离这里了！

五步、四步、三步……还有一步！

　　就在这时，一个阴沉的声音在身后响起："小相爷这么晚了不睡觉，居然有兴致和舍弟出来转悠？这是……想要逃吗？"

　　这是凌楚楚距离自由最近的时候，仅仅一步之遥，然而她终究没能跨出那一步。

第九章

死，还是不死，这是个问题

凌楚楚忍着心痛，在龙三的注目下，依依不舍地离开了那扇门。

这一回，龙小七没有再跟来，他被龙三好生训斥了一顿，回自己屋子面壁思过去了。

凌楚楚坐在房间的桌前叹气，如果自己刚刚跑得快一点儿，说不定就不会被龙三撞见了。

经过这样的事情之后，龙三把所有守门的侍卫都臭骂了一顿，要求他们打起精神，对凌楚楚这位新来的贵客特别关注，一旦有任何动向立马向他汇报。

侍卫们战战兢兢，生怕凌楚楚变成蚊子、苍蝇飞跑了，每隔半个时辰就要推开窗看她一眼，确定她还在屋子里才能放心。

这不就是监视吗？还让不让人睡觉了？凌楚楚气得差点儿摔杯子。

就在凌楚楚放弃挣扎时，门外传来一个熟悉的声音："老奴是小厨房的，太子殿下说您今晚又是动脑，又是散步的，应该饿了，吩咐老身给您送夜宵来。"

这声音太熟悉、太深刻，无数次在凌楚楚的噩梦中响起，她简直不敢相信。

她哆哆嗦嗦地推开门，看到那张熟悉的脸，惊喜道："卷嬷嬷，真的是你呀！我们都以为你被人害死了。你怎么会在这里？"

卷嬷嬷眼圈一红，没想到自己一大把年纪了，居然会被一个小姑娘的关心所感动。

想到当下所处的环境，以及自己肩负的任务，她不敢贸然和对方相认，冷着一张脸道："小相爷，您认错人了吧？老奴不姓卷，也从没见过您。"

她的反应让凌楚楚措手不及，世界上难道真有长得一模一样的

人？可是就算长着同一张脸，话里话外的那股傲娇劲儿，也能如此惟妙惟肖？

凌楚楚不相信自己认错人了，觉得对方一定在开玩笑，抓着卷嬷嬷的手，泪眼婆娑地道："你是卷嬷嬷呀，我怎么会认错呢？你是在逗我对不对？虽然我不知道你为什么会在这里当厨娘，但是你能不能想办法带我出去，我想回家。"

卷嬷嬷疾言厉色地拒绝了她："小相爷，您真的认错人了。当初我晕倒在路边，是三太子救了我，收留了我，他的大恩大德，我一辈子都报答不完。你若是想哄我助你逃跑，休想！"

说完，她"愤愤不平"地放下手中的碗筷，离开了。

他们谁都不知道，龙三在窗外从头到尾看完了这一幕，看到凌楚楚失望地坐在桌旁，望着那一碗夜宵发呆，龙三讥诮地一笑。

凌楚楚一定是想离开这里想疯了，才会连个厨娘都不放过。

想到凌楚楚刚刚那失魂落魄的样子，他就忍不住发笑，哪里还需要等到明天，所有的一切早就已经在他的掌握之中。

他如此自负，以至于都没有发现，一个身影悄悄离开了府邸。

凌楚楚折腾了大半宿，到最后都没有想出逃跑的办法，却把自己累得睡着了。

龙三进来看凌楚楚的时候，她正呼呼大睡，睡得口水横流。他实在看不下去，拿了个枕头砸在凌楚楚脸上，挡住那惨不忍睹的睡相。

凌楚楚呼吸一滞，吓得惊坐而起："谁？到底是谁想要害我！"

"小相爷想了一晚上，可想清楚了？"龙三的脸映入眼帘。

凌楚楚有骨气地昂起脖子："想清楚了。我是绝对不会帮你绑

架皇上的，你死了这条心吧！"

"哦。既然你不肯合作，那就没有什么利用价值了。"龙三淡淡地道，"来人，拖下去，杀了。"

龙三话音刚落，顿时有两个身形壮硕男子跑了进来，拖着凌楚楚就往外走。

凌楚楚被吓了一跳，她还不想死啊！她紧紧抓着门框，死都不肯放手："慢着，停……别扯我呀！有话好说……可以再商量嘛……"

"住手！"龙三笑了，脸上露出果然如此的神情，"现在想通了？"

"绑架皇上，这可是大罪。要是不小心被发现了，要砍头的……我不想死……"

龙三悲悯地看着她道："小相爷可能还不知道，你已经快要死了。"

凌楚楚不解地望着龙三，只听他问道："还记得昨晚的琼浆玉液酒吗？"

凌楚楚想了想，脸"唰"地白了："那酒里有毒？"

"对，那酒乃我们轩辕王室祖传的奇毒。服下之后虽然能让你身强体健，但是毒发之时就像千万只蚂蚁噬咬你全身一般，痛入骨髓，苦不堪言。"

龙三兴冲冲地解释自己的毒药，看到凌楚楚惊恐害怕的样子，心情特别愉悦！

凌楚楚悔得肠子都青了，她以为那是什么宝贝，还喝得那么开心，没想到是毒药！而且她还一口气喝了三杯！

龙三不忘补充一句道："忘了告诉你，此毒每隔一个月发作一次。你喝了三杯多，毒性更强，大概每隔十天就会发作一次。"

眼下最要紧的，是保住小命。想到这里，凌楚楚"扑通"一下，跪倒在龙三面前，声泪俱下地哭道："三太子，求求您，饶了我吧。我还这么年轻，我不想死啊！"

龙三摇头："要我饶你，除非你先替我绑架了狗皇帝。还有，不要再妄想逃跑了，你身上的毒每隔十天就必须服用我的解药，不然就会七窍流血而死。"

他的话刚说完，凌楚楚就感觉鼻子一热，一股热流从鼻子里涌出，"滴答滴答"地落在了地上。

这一刻，站在她对面的龙三瞪着她，脸上的神情就像见了鬼似的。

凌楚楚下意识地擦了擦鼻子，手上一片血红，吓得她差点儿魂飞魄散。她望着龙三，战战兢兢道："刚刚……你说什么来着？七……七……七窍流血？"说完，"哇"的一声哭了。

她现在可不就是在七窍流血吗？

这是毒发身亡的征兆吗？凌楚楚捂着鼻子，哭得撕心裂肺，心里特别悲伤。

说好的十天才会发作呢？这一天都没到呀！

龙三一把拽着凌楚楚的头发，强令她扬起脖子。凌楚楚扯着嗓子号，哭得他脑仁疼。

他忍无可忍道："别哭了，再哭血流得更快，快把头抬起来！"

"呜呜呜，我都快要死了，你凭什么不让我哭，我就要哭，我偏要哭！"

"谁说你快要死了！快要死的人能像你哭得这么响亮？"

凌楚楚呆住，龙三说得好像……有点儿道理。她将信将疑地道："所以说，我不会死？"

龙三点头："十天之期未到，毒药不可能会提前发作。"

为了几滴鼻血哭成这副德行，凌楚楚感觉自己丢人丢大发了。她捂着鼻子，还有些不解："我刚刚还流鼻血了！"

龙三冷笑："毒药发作的样子是七窍流血，不是鼻子流血！你流鼻血是因为京城的冬天太干燥了！"

凌楚楚惭愧地缩了缩脑袋，再也没脸提问了。

哭了一场后，凌楚楚想清楚了，绝对不能帮助龙三干坏事，但是为了保住小命，先拖住对方，等臭狐狸来救自己。

龙三看凌楚楚恹恹的样子，心里暗笑，多少桀骜不驯之辈都被琼浆玉液制伏了，何况区区一个少年丞相？

说到底，有谁是真的不怕死呢？

他笑了笑道："你失踪了将近一天一夜，相府正派人到处找你。我已经派人去给你大姐送信，让他们拿三千两黄金来赎你，等黄金一到，就送你回去。"

"三千两黄金！"凌楚楚觉得心口疼，这么多钱，够她和瓜瓜吃喝玩乐十八辈子了吧？

"怎么，舍不得？凌如峰那个老狐狸搜刮的民脂民膏多了去了，这点钱对你们相府来说，九牛一毛！"龙三撇撇嘴，心想要不是为了自己的大业，他才不会只勒索这么点儿钱。

他又给凌楚楚编造了一套回到相府后的说辞，细细叮嘱了几句："九天后，就是大雍朝祭天的日子。你身为副相，一定会陪同皇上前往，到时候……"

凌楚楚弱弱地问："我如果都听你的，你会把解药给我吗？"

"当然，那天就是你毒发的日子。如果你不好好配合，呵呵，你会死得很惨！"龙三阴险地威胁道。

160

此时，门外突然传来喧闹之声，一个男子提着长剑匆匆冲了进来，大叫道："不好啦！太子殿下，有官兵突然杀上门，许多兄弟被杀了……"

他的话还没说完，突然被一支长箭从背后射中，倒在了血泊之中。

紧接着，数支长箭"唰唰唰"地射过来，分别冲着龙三面门、胸口、大腿，封锁住他的上中下三路。

龙三连忙挥剑格挡，凌楚楚瞧着这场面十分凶险，凭本能躲到了桌子底下，蜷缩成一团。

多亏她这怕死的性子，所以一眼就能看出整个屋子里只有那张小圆桌下面最安全，长箭很难射进去。

站在外面射箭的人嘴角露出一丝笑意，心下大定，一挥手，顿时更加密集的箭雨冲着龙三而去。

龙三顿时手忙脚乱，他勉强挡了几下，迅速做了决断，保命要紧，于是狠狠踹了几张凳子朝外面的官兵而去，然后飞身跳上了房梁，撞破屋顶逃跑了。

他跑得匆忙，以至于那个值三千两黄金的人质凌楚楚也被他抛下了。

凌楚楚听着外面的声响小了，悄悄从圆桌底下探出脑袋，正对上一张熟悉的脸，笑眯眯地看着自己。她惊喜地掀了桌子："狐狸，你怎么来了？"

胡九辰还没来得及开口说话，凌楚楚突然号啕大哭："你怎么才来呀？你……你来晚了……"

胡九辰纳闷了，怎么就来晚了？

卷嬷嬷夜里悄悄跑来府上通风报信，自己一接到消息就立马集合了整个相府的兵力，及时赶来了。现在凌楚楚毫发无损，外面龙门的数十个高手也被自己带人杀得落花流水。一切都刚刚好呀。

凌楚楚一边抽泣，一边说："我中毒了……我要死了……龙三刚刚告诉我，他给我下毒了，十天之后就会毒发身亡。

"要是知道你这么快就来救我，我说什么也不会喝那杯酒，呜呜呜……"

胡九辰静静地看着凌楚楚哭了一会儿，然后拽着她的手腕把了把脉，点头道："嗯，放心吧。"

凌楚楚瞬间不哭了，感觉有了一丝希望："你能解毒？"

"放心吧，无药可解。有什么后事回去好好交代一下，我和你大姐会替你办妥的。"

凌楚楚嘴巴一扁，又想号啕大哭，脑袋上就挨了狠狠一记栗暴，一个熟悉的声音在耳边响起："闭嘴！身为副相，哭哭啼啼的，像什么样子？"

凌楚楚抬头，看到那张熟悉的脸，一把抱住对方："卷嬷嬷！我昨天果然没认错，原来你真的没死啊！"

"呸呸呸，说什么呢？老婆子身子骨好得很，才没这么容易死！"

"嗯嗯嗯，太好了！"凌楚楚抱着她一只胳膊，笑得眼睛都弯了，"我好担心你被坏人害死，幸好还能见到你。"

听了胡九辰的一番解释，她才明白，原来是卷嬷嬷救了自己。

昨天晚上，卷嬷嬷拒绝救自己，是因为怕泄露身份被龙三知道，所以只能悄悄溜出去给胡九辰通风报信，搬来救兵。

凌府派兵围剿龙门逆党这件事，在京城引起了不小的动静。等到禁军赶到的时候，胡九辰已经亲自率人将凌楚楚救出，歼灭逆党

八十余人，俘获三人。只有龙三和龙小七率少数余孽从后门逃了。

此外，柳尚书满门被毒死在大理寺牢内的消息也轰动了朝野。

据被俘的三名逆党招供，数十年前祸乱大雍的神秘组织龙门居然再次来到京城兴风作浪，与柳尚书勾结，盗窃官粮，意图煽动灾民作乱……桩桩件件，都是胆大包天！

虽然这三名逆党只是小喽啰，知道的事情并不多，但是将这些联系在一起，不难猜出，柳尚书满门横死，是龙门下的毒手。

昭宁帝得知龙门行为如此猖狂，顿时龙颜大怒，下令将大理寺卿按渎职查办，同时重赏此次剿逆有功的凌府上下。

凌凤喜开府仓赈济灾民，被昭宁帝赏了金枝玉叶步摇一支，她一高兴，又去裁缝铺买了许多衣裙鞋袜来搭配。

就连瓜瓜，也被赏赐了一件皇家小马褂，封了个正六品的客卿爵禄，整天在家吃吃喝喝不说，每个月还有俸银拿。

由于胡九辰的安排，所有人都以为是因为凌楚楚粉碎了龙三的阴谋，对方恼羞成怒，才将她绑架。

在大家的心中，凌楚楚已经成了救国救民的大英雄！

才刚进京一个月不到，凌楚楚就瞎猫撞到死耗子，做出这么多轰动朝野的大事。

凌楚楚日益高涨的人气，让昭宁帝感到了威胁。他无视民众的呼声，十分敷衍地赏赐了凌楚楚五日的假期，以及祭天大典可以站在自己身后的荣耀。

凌楚楚傻眼了，金银财宝呢？珊瑚明珠呢？都没有吗？

只有一个破假期，和一个站在皇上身后的荣耀？这些她都不想要好吗！

她也想要金枝玉叶步摇，她也想要皇家小马褂！

163

凌楚楚满怀忧伤地从皇宫里出来，一抬头就看到胡九辰站在宫门外，面色不善地看着自己。

凌楚楚心里纳闷儿，自己又怎么得罪这位大爷了。想了一圈没想明白，她只好故作轻松，蹦蹦跳跳地跑到胡九辰面前嘚瑟："狐狸你看，我这么快就出来了。"

胡九辰冷哼："若不是将你劫回龙门的那个逆党已经在混战中死了，所有人都会知道你是在大理寺中被劫走的。说不定你已经被当成龙门的同党，和那三个逆党关在一起了！"

凌楚楚扁了扁嘴，心里也觉得很委屈。

如果当时她乖乖待在相府，没有跟着柳思祥走，哪会像如今这样，落得身中剧毒的下场。

唉，人总是这么天真，费尽力气地折腾，以为摆脱了一个麻烦，结果却陷入更大的麻烦里面。

咦？说起来，那个麻烦的柳思祥呢？

胡九辰一眼就看穿她的心思，指了指马车道："上车。我已经找到了他，一直将他安置在安全的地方。今天他就要离京了，我们去送他一程。"

凌楚楚跟着胡九辰来到目的地时，柳思祥顶着一头杂乱的稻草，从草堆里爬出来。

堂堂尚书府的少爷，曾经在京城恣意潇洒、放肆嚣张的少年，拥有人人艳羡的家世和前程，原本注定一世富贵。

在经历了家破人亡的变故后，他的眉眼之间已然添了几分尘土风霜之态。

柳思祥紧张地四下张望了片刻，然后干笑道："你怎么来了？都说了不要来送了。真是的，没有被人跟踪吧？"

"谁敢跟踪我？"凌楚楚骄傲地扬起脑袋，道，"我是谁呀？我可是大雍朝的副相，一品的官儿，比你爹还大一级呢！"她一向口无遮拦，张口就提到柳尚书，刚好触及了柳思祥的伤心事。

柳思祥的眼圈顿时一红，就要哭出来。

凌楚楚急了，连忙解释说："我不是那个意思啊。你千万别介意，你爹人其实挺好的。真的，我上次打了你，他都没有在皇上面前告我的状，特别大度。他就是不小心犯了个错而已……"

她一向不会安慰人，加上对柳尚书实在不了解，所以说什么都显得有些笨拙。

柳思祥根本没有心情听这些，他低着头小声说："我爹他……他已经不在了。"

如果当时没有逃出府去玩，他也应该和爹一起被抓进大牢的，那他也会和爹一起被毒死。

就算是这样也没关系呀，至少能见爹最后一面，一家人能够在一起。

这是他最大的遗憾。

如今他，只能四海为家，浪迹天涯了。

柳思祥看着凌楚楚道："小相爷，我要离开京城了。"

"真的要走？京城可是你的家呀！"

"对呀，正因为京城是我的家，所以我才要走呀。"如今的他，是有家归不得的人。

凌楚楚黯然，留在京城，每个人都认识他，是最危险的。毕竟所有人都知道，"柳思祥"已经和柳尚书一起被毒死了。

她从身上掏了掏，原本想掏点儿银两给柳思祥，作为路上的盘缠。可是她两袖空空，什么都没有。

凌楚楚老脸臊得红了。

倒是胡九辰从一旁递过来一个包裹和一个沉甸甸的钱袋，对柳思祥说："知道你今天上路，小相爷特地让我准备了衣物、干粮还有盘缠，给你路上用。"

凌楚楚看得目瞪口呆，没想到胡九辰把一切早就安排好了，还安排下人牵来了一匹马。

柳思祥推辞不过，知道凌楚楚是为了让自己在路上少受点儿苦，只好接受了。

他跨上马，向凌楚楚比了一个告辞的手势，道："小相爷，您的恩情，我记下了。"说完，一甩马鞭，绝尘而去。

凌楚楚望着柳思祥离去的身影，心里莫名有点儿惆怅。

回去的路上，凌楚楚一直沉默，低头想着心事。

胡九辰看她和往常有些不一样，心中一动，问道："你还在想柳思祥的事情？"

"狐狸你说，他以后还能回京城来吗？"

胡九辰沉默了一下，不想骗她："谋逆是诛九族的死罪。对他来说，走得越远越好，永远都不要回来，这辈子才能平平安安。"

凌楚楚点头，心情更沮丧了。

谋逆，是诛九族的死罪。这句话沉沉地砸在她心上。

柳尚书犯了错，害死了全家人。

如果她犯错的话，是不是也会累及凌府满门？

大姐、瓜瓜、昏迷中的爹、管家伯伯、每天关心她有没有吃饱饭的嬷嬷，还有那些像四喜一样年轻可爱的小丫鬟……全都会因为她一个人而丢掉性命。

她不能这样自私。

想到这些人的时候，凌楚楚胸口中有股情绪翻滚涌动，无法压

抑平息，连脸都憋红了。

回到府上的时候，凌凤喜正领着瓜瓜在府里的祠堂烧香祭拜，结果看到凌楚楚顶着红彤彤的一张脸，吓了一跳，连忙拽着她问长问短，以为她被皇上召见时受了什么委屈。

当得知凌楚楚被赐予了站在皇上身后一起祭天的荣耀之时，凌凤喜激动得脸也通红，拽着凌楚楚一起在凌家列祖列宗面前磕了十几个响头，口中还念念有词："多亏祖宗显灵保佑，楚弟才能平安归来，还立下这样的大功，获得这样的荣耀！"

凌楚楚望着大姐忙前忙后不亦乐乎的身影，鼻子一酸，心里暖洋洋的。

她捏了捏瓜瓜的小脸，肉肉的，比她前几日见到时似乎又胖了几分，可见在凌府过的日子极好。

凌楚楚问道："瓜瓜喜不喜欢住在府里呀？"

"喜欢。"瓜瓜趁凌凤喜不注意，从供桌上抓过一个绿豆饼，咬了一口道，"府里什么吃的都有，再也不用挨饿受冻，瓜瓜都胖了。"

凌楚楚点点头，瓜瓜在这里过得开心，她就放心了。

"楚弟，你在想什么？"

凌楚楚从若有所思中回过神，看到凌凤喜从祠堂中央的香炉下面掏出一把青铜钥匙放在自己掌心，钥匙上面锈迹斑斑，看上去十分老旧。

"这是什么钥匙？"

凌凤喜摇头道："爹说，这把钥匙很重要，藏在这里，除了家中掌事之人，其他人都不能告诉。我曾查过府上所有的门，没有一把锁能与这把钥匙匹配，所以我也不知道它的用途。如今你越来越出息，大姐没什么能帮你的，只能将这把钥匙交给你，希望你日后

振兴我凌府，光宗耀祖！"

凌楚楚听得眼眶湿润，点点头，她已经做好决定了。

出了祠堂，她径自找到胡九辰问："我的毒，真的没有办法解吗？"

"有。琼浆玉液乃天下奇毒，中毒者每隔数日发作，痛不欲生。若论解药，据说只有轩辕皇族之人才有。"

凌楚楚听了，心顿时拔凉拔凉的："龙三不会给我解药的。"

她忍住难过，将龙三之前绑架威胁自己的事情告诉了胡九辰，道："我是绝对不会帮他绑架皇上的，所以他肯定也不会给我解药。"

说这话时，凌楚楚居然没有哭。胡九辰惊讶地望着她，突然觉得有点儿不认识她了。

但胡九辰一向是个煞风景的人："如果没有解药……可怜瓜瓜还这么小，很快就要没有姐姐了。"

凌楚楚的眼泪终于扑簌簌地落了下来，没出息地哭了小半个时辰。胡九辰终于受不了了，他捂着耳朵叹气道："其实只要我们抓住龙三，就可以拿到解药了！"

"说得容易，我们现在连他在哪里都不知道，怎么抓？"

"你笨啊！咱们找不到他，他会来找咱们呀！"胡九辰解释道，"再过几天，他不是让你绑架皇上吗？到时候他一定会出现的。"

凌楚楚肿着一双核桃般大的眼睛对胡九辰道："绑架皇上是死罪，我刚刚不是说了吗？这事不能做！"

"谁让你真的绑架皇上了，咱们做个样子，骗龙三上当！"

呃，这样也可以？凌楚楚有点儿不放心，对胡九辰叮嘱道："狐狸，你答应我，替我照顾好瓜瓜。我要是不在了，千万不能让

他被别人欺负，好不好？"

胡九辰点头，从怀里掏出一个蓝色的锦囊给她："锦囊里是我命人从灵隐寺方丈大师那里求来的护身符，开过光，灵验非常。你收好，相信它一定能保佑你逢凶化吉。"

一股淡淡的香气扑面而来，似兰似麝，凌楚楚闻了闻，顿时感觉心神宁静。

凌楚楚从胡九辰手里接过锦囊放进袖子里，并没有看到他眼中一闪而过的深意。

她抬头，望着胡九辰道："狐狸，我要进宫，你送我去好不好？"

凌楚楚进宫的时候，正是二更时分，她抬头看了看天空，月光好亮啊。

大半夜的不睡觉，跑过来非要求见皇上，虽然守门的侍卫觉得她就像一个神经病，但是小相爷屡建奇功的事迹已经传遍宫里宫外，他甚是仰慕，遂乐颠颠地前去禀告了皇上。

昭宁帝在睡梦中被摇醒，大发脾气。该死的凌楚楚，胆敢扰了朕的清梦，是想挨板子了吗？

他命人来传凌楚楚，发誓要是对方没什么大事，他一定要重重惩罚！

没想到，凌楚楚一开口就石破天惊："皇上小心，龙三太子要绑架您！"

昭宁帝那昏昏欲睡的脑袋，陡然清醒了过来。

"大胆！"

呜呜呜，狐狸明明说了，皇上听了自己通报的消息一定会龙颜大悦的，为什么会生气？凌楚楚吓得缩了缩脖子，生怕皇上拿自己出气。

要是狐狸在身边就好了，他那么聪明，一定知道该怎么办。

她并不知道，原本在宫墙外等着她出来的胡九辰，此时已不见了踪影。

胡九辰跟在一个鬼鬼祟祟的身影之后，不一会儿就来到了一间宅子跟前。

那个人跪在地上道："老身见过侯爷。"

"你还有脸来见本侯！"胡青杨转身，脸上满是怒容，"我让你监视龙三，你却悄悄去见辰儿，还将凌家那小子的下落透露给他，你到底有没有把本侯放在眼里！"

卷嬷嬷吓得刚想磕头告罪，胡青杨突然神情一凛，呵斥道："何方鼠辈，胆敢偷窥！"他话还未说完，已经甩出一道银芒，直奔暗处的胡九辰。

胡九辰身子微闪，为了避开那道暗器，却也不得不露出了身形。他心中暗叹，自己的武功在父侯面前终归还是不够看的，行了个礼道："父侯来京，居然不告诉儿子，可是怪罪儿子不孝？"

"你也知道自己不孝？"胡青杨瞪眼，"命你潜伏相府寻找宝藏下落，你可有发现半点儿蛛丝马迹？"

胡九辰低头不答，他这些天借着凌楚楚的关系，在凌府内外自由出入，凌相的书房和藏书阁都已经悄悄找遍了，什么都没找到。

"既然找不到，为什么不赶紧回来？难道要陪着凌府那帮人一起死？"

胡九辰吃了一惊："宝藏尚未找到，父侯的意思，这是要对凌府动手？"

"不然呢？官粮被盗，原本足以挑起灾民与朝廷的矛盾，若是我们再推波助澜，天下必然大乱。可那个凌楚楚，偏偏在这时候跳出来，坏了好事！"胡青杨恨恨道，"要不是为了靠她绑架皇上，你以为龙三会留她的性命？"

胡九辰心中一动："难道，父侯和龙三也有联系？"

"那种前朝余孽我怎么会认识？只不过是碰巧发现了他的踪迹，才让卷嬷嬷潜伏在他身边监视，免得他坏了我的大事。"胡青杨并不想让胡九辰觉得他是一个为了报仇不择手段的人，装作和龙三并不相识。说到底，龙三不过是他的工具罢了，根本不值一提。

胡青杨冷冷道："宝藏找不到就算了，你也不用继续潜伏相府了，随我回去吧。"

第九章 死，还是不死，这是个问题

第十章

人在朝堂飘，哪能不挨刀

大概是因为晚上出门吹了点儿风的缘故，凌楚楚大半夜突然觉得肚子特别疼。

她连忙跑出院子，直奔茅房，拉得腿都软了，才一瘸一拐地往回走。没想到，路过小花园的时候，听到有人说话的声音。

大半夜的，别是鬼吧？这个念头刚从心里闪过，她就觉得有一阵冷风刮过，吹得汗毛都竖起来了。

凌楚楚越看越觉得周围鬼气森森，慌不择路，便走错了方向。等到她跌跌撞撞走到花园某个不知名的角落时，耳边的声音居然越发清晰起来。

"小侯爷，您快离开相府吧，侯爷都说了，不用您找宝藏了。"

凌楚楚打了个激灵，卷嬷嬷？

大半夜的，她怎么会出现在这里？

什么小侯爷？什么宝藏？

凌楚楚按捺不住心头的好奇，循声望去，只见不远处的槐树下，有两个人背对她站立着，其中一个人正是卷嬷嬷，另一个她更是熟悉，居然是胡九辰！

小侯爷？卷嬷嬷管臭狐狸叫小侯爷？凌楚楚吓了一跳，感觉自己误打误撞地触及了一个不该知道的秘密。

想要马上逃得远远的，可是，心里有个声音在叫嚣着：听下去，听他们说下去……狐狸的秘密，你不想知道吗？

就在凌楚楚内心摇摆不定时，胡九辰拒绝了卷嬷嬷的提议，道："我们要找的东西好不容易有了点儿眉目，怎么能在这时候功亏一篑？"

白天凌凤喜将钥匙交到凌楚楚手上的时候，他躲在祠堂门外看得清清楚楚，正想着怎么从凌楚楚手上将钥匙拿来，这时候放弃，

太可惜了。

卷嬷嬷并不知道这些，只是有点儿担忧道："莫非，您是担心小相爷？怕你离开后，她会遭遇不测？"

"怎么可能！"胡九辰惊得差点儿跳脚，他故意装作漫不经心道，"我带她来京城，不过是利用她罢了，只要东西到手，她是死是活，跟我又有什么关系呢？"

不过是……利用？

是死是活……都没关系？

躲在不远处的草丛里，凌楚楚耳边不停回响着这几句话，眼泪夺眶而出。早就该知道，臭狐狸不是什么好人，他花这么大心思把自己送来京城，肯定有所图谋！

可是为什么，当真相以这样猝不及防的方式暴露在她面前的时候，她会这么委屈，这么难过？

卷嬷嬷低头沉思，昨日侯爷已暗中命令龙三对凌楚楚下毒手，这件事她并没有告诉小侯爷。她跟随小侯爷已久，深知他虽然足智多谋，但是本性善良，如果让他知晓，必然不忍心见死不救。破坏了老侯爷的计划，后果不是她能够承受的。

想到这里，有些话到了嘴边，又被卷嬷嬷生生咽了下去。

唉，小相爷也是个好孩子，可惜了……

凌楚楚穿着单薄的衣裳，在冷风中站了小半个时辰。她擦了擦脸上早已风干的泪痕，心想再这么站下去，自己要被冻僵了，于是准备悄悄撤退。没想到，鼻子痒痒，突如其来一股强烈的感觉，让她打了一个大喷嚏。

"阿嚏——"

这一声喷嚏，响亮干脆，划破了寂静长夜。胡九辰和卷嬷嬷同时警觉地朝她藏身之处望来。

胡九辰扬手朝凌楚楚的藏身之处射出一串银针，她吓坏了，连忙朝地上一趴，连翻了几个滚，才险险躲开。

几乎是同时，在她身边，一只猫"喵呜"一声，从草丛里蹿了出来，飞快地跑远了。

原来只是一只猫。

胡九辰和卷嬷嬷终于长出了一口气，匆匆离开了这里。

凌楚楚趴在草丛里，一动没敢动，过了好久，才小心翼翼地抬头看了看四周，胡九辰和卷嬷嬷早已不见了踪影。她连忙爬起来，一路小跑着赶回了自己的房间。心酸和委屈，让她趴在被窝里无声地哭了。

她正哭得伤心，门外突然出现了一个黑影，站在外面轻声问道："凌楚楚，你睡着了吗？"

是胡九辰！自己刚刚是不是露出了什么马脚？对方现在找过来了，要杀自己灭口！凌楚楚吓得跪在床上，脱口而出："睡着啦，我睡着啦！"说完，她悔得捶床，说话不经大脑真的很要命！

更让她后悔不已的是，自己刚刚灰溜溜地逃回来时，忘了关门。

胡九辰轻轻一推，门就开了。

凌楚楚听到门"吱呀"一声响，感觉喉咙一口老血都快吐出来了。

胡九辰进了屋子，点亮桌上的灯。待他看到凌楚楚把自己裹成一团，在床上抖如筛糠的样子，吃了一惊："你怎么哭了？难道是体内的毒发作了？"

卷嬷嬷今晚又催他离开相府，可是凌楚楚身上的剧毒还没解，他要是就这么走了，凌楚楚必死无疑。

刚刚他回屋后，越想越不放心，所以特地跑来看看。没想到，刚进门就看到凌楚楚哭得眼睛红肿。

"这个……呃……"凌楚楚急中生智道，"我刚刚起来倒水喝，不小心被椅子绊倒了，脚疼得厉害，所以就哭了。"

"笨蛋！你这是最近大鱼大肉吃太多，长胖了，所以走路都能被自己绊倒！"胡九辰一边扯着凌楚楚的被子一边毒舌道，"让我看看。"

凌楚楚心虚地掖了掖被子："没什么好看的。"

结果还是没拉扯过胡九辰，脚被他从被子里拽出来。她疼得龇牙咧嘴，眼泪直流："轻点儿，疼！"

只见凌楚楚雪白的脚踝上擦破了好大一块皮，周围一片青紫。

胡九辰看得脸色一凝，他不动声色地在凌楚楚的脚踝处摩挲了几下，疼得凌楚楚哇哇直叫。然后他从怀里掏出一只羊脂白玉小瓶，将瓶中的药粉在伤处轻轻撒了一些。

这是胡九辰从边关带来的疗伤圣药，对于伤口痊愈最是有利。

凌楚楚讶然地望着胡九辰，药粉有一股清凉之意，伤口火辣辣的感觉也减轻了不少。

"狐狸……你……"不是来杀她的吗？

"有我在呢，就算受伤了也不用怕！"如果是以前，凌楚楚听了这话会感激涕零，此时此刻她却觉得浑身发冷。胡九辰这样厉害的人，潜伏在自己身边，究竟有什么不可告人的目的？

凌楚楚低着头，不敢让胡九辰看见自己脸上的恐惧之色。但她没料到，就在她低头沉思的片刻，胡九辰在她乱糟糟的头发上突然发现了什么，眸色渐深。

"狐狸？怎么了？"

"没什么，时间不早了，你好好休息。"胡九辰淡淡一笑，掩

藏了所有情绪，很亲昵地拍了拍凌楚楚的脑袋。在凌楚楚没有留意的时候，他的手指飞快地一动，将她发间夹杂的东西悄悄捏进了手心。他转身走出房间，摊开手心，表情瞬间变得凝重起来。

那是一根枯黄的杂草，草尖尚带着晶莹的夜露。

如果他没记错，这种龙蛇草，只有园子里才有……

凌楚楚在床上翻来覆去地想了好久，也想不通胡九辰究竟是什么身份，他潜伏在相府，想要的究竟是什么。这些乱七八糟的问题并没有在她脑袋里面纠结太久，她很快就睡着了……

第二天，天刚亮，她就被四喜摇醒了。

"少爷，您快出去看看吧！有个人翻墙进入府中，被护卫们抓住了，他自称是你的好兄弟小七，要见您。"

"我只有瓜瓜一个弟弟，没有别的兄弟了。"凌楚楚睡眼惺忪地道，"什么小七小八的，这年头的骗子，连起名字都这么随便，怎么能骗到钱？你去把他赶走吧……"

等等！小七？凌楚楚从床上惊坐起，难道是龙小七？

不可能呀，他如今是朝廷钦犯，全城都在通缉，怎么敢跑到相府来？而且今天就是祭天大典，如果他跑到相府来的话，那龙三呢？

她早已悄悄入宫向皇上告发了龙三的阴谋，相信皇上早已在宗庙布下天罗地网，只等对方跳进来。可龙小七突然出现在府上，难道事情又有了其他的变数？事关自己的小命，凌楚楚放心不下，连忙起床，跟着四喜往外跑。

刚出院子，就看到龙小七正被一群护卫揍得哭爹喊娘，他抱住领头那个护卫的大腿，撕心裂肺地喊道："这位大哥，求求你了，让我见见我的凌大哥吧！我真的是他的好兄弟，没骗你！我是来通

风报信的，求你让我见见他吧！"

"闭嘴！给我松手！"护卫头领使劲推了几下，没能把腿抽出来，气得挥起巴掌在他的屁股上打了好几掌。

一阵噼里啪啦后，龙小七感觉屁股已经疼得不像他自己的了，这时他终于看见了匆匆赶来的凌楚楚。

"凌大哥，你终于来了！呜呜呜，你终于肯见小七了！"龙小七在护卫们的群殴之下，早已是强弩之末，他脸色煞白地望着凌楚楚，嘴角绽放出一丝凄凉的笑意，昏了过去……

凌楚楚心头一紧，连忙上前抱住龙小七："小七？小七你醒醒，你睁开眼看看我，千万不要死啊！"

"吵死了！凌楚楚你一大早是在唱大戏吗？"一个清清冷冷的声音传了过来。

凌楚楚瞬间乖乖闭上了嘴巴，不仅是她，整个院子都突然安静了下来。

眼圈乌青的胡九辰从屋里慢慢走了出来，阳光笼罩在他的身上，仿佛镀上了一层金色的光辉，而他整个人却散发着疏离淡漠的气息，随时能把人冻死。

昨晚胡九辰由于满腹心事，很晚才睡着。没想到一大早就被凌楚楚吵醒了，所以此刻的心情很糟糕。

他居高临下地望着满身是泥的龙小七，嫌弃地皱眉："他……就是龙小七？"

凌楚楚苦着脸，点点头，突然想起胡九辰的本事，乞求道："狐狸，你办法多，快救救他吧！他被府里的人打得快死了。"

胡九辰嗤笑道："他死不了，只是太虚弱，被揍了一顿就昏过去了而已。你再这么晃下去，倒是很有可能把他给晃死。"

这时，龙小七的肚子"咕咕"叫了几声。他悠悠醒了过来，

忽扇着一双蒙眬的大眼睛，气若游丝地道："凌大哥，能……给我……来碗蛋……炒饭吗？好饿！"

为了赶过来见凌楚楚，他连夜逃出了龙门，到现在都没有吃上一口东西。

可是凌楚楚并没有可怜他，反而愤愤不平道："骗子！亏我还是你的救命恩人，你哥绑架我的时候你为什么不帮我逃跑？他喂我毒酒的时候你为什么不来告诉我？你就是这么报答我的吗？"

龙小七耷拉着脑袋，十分愧疚："凌大哥，上次是我太笨了，没看出来太子哥哥要害你。今天我是特地来给你通风报信的。祭天大典很危险，你千万不要去。"

虽然凌楚楚早就知道有危险，但还是被龙小七感动了。她拍拍对方的肩膀说："别闹，你哥要是知道你跑来说这些，会揍你的。"

龙小七以为她不信，顿时急了："凌大哥，你千万要相信我！我是亲耳听见的，太子哥哥接到命令，务必要杀了你，所以解药……你拿不到了。"

听到这个坏消息，凌楚楚顿觉眼前一黑，说好的绑架皇上就给解药呢？都是骗人的？

"你哥怎么能这样？他不是龙门最大的头头吗？怎么还会有人命令他？他要是真的不给解药，我该怎么办？"

龙小七臊得满脸通红："有这样言而无信、不守信义的兄长，我小七真是愧对京城父老。凌大哥，你绑架我吧！绑架皇上没有用，但是绑架我肯定有用。"

"啥？"凌楚楚被龙小七绕得头都晕了，"我为啥要绑架你呀？"

"我哥是很厉害的人，你要想从他手上拿到解药，几乎是不可能的事情。唯一的办法就是绑架我，用我来跟他换解药，他肯定会答应的。因为……我是他这世上唯一的亲人。"

对于龙小七送上门来求绑架这件事，凌楚楚是拒绝的。此时太庙里早就埋伏好了皇上的人，只等龙三来捣乱，就将他一举擒获。抓住了他，还怕解药长了翅膀跑掉？可是在她启程去太庙前，胡九辰还是命人将龙小七塞进了她的马车。

龙小七被绑成了一个粽子的形状，歪倒在凌楚楚的脚边，没脸没皮地兴奋道："凌大哥，我们什么时候能到太庙呀？"

凌楚楚哭笑不得："你说你是不是傻，没事送上门来找死是不是？"

"我这是来救你的呀！胡哥哥说了，要是太子哥哥想杀你，我就是你的保命符！"

凌楚楚撇嘴，望着车厢顶，不再想和龙小七说话。

不一会儿就到了太庙，凌楚楚原本想把龙小七留在马车上，但是看到他被绳子勒得喘不过气来，于心不忍，便蹲下来想给他解开。

结果……绳头在哪儿呀？为啥找不到？

一炷香的工夫过去了，凌楚楚终于找到了一根绳头，急忙一扯，打成了死结。

凌楚楚傻眼了。

两炷香的工夫过去后，龙小七身上又多了十几个死结。

她有点儿慌了。

臭狐狸到底搞什么鬼，打个结都能打得让人解不开。

龙小七被绳子勒得脸红脖子粗："凌大哥……我……喘不

过……气。"

凌楚楚彻底吓蒙了，这可咋办呀？

这时马车的帘子被人猛地掀开了，魏无忌急忙道："小相爷，你怎么还在车上呀？祭祀大典就要开始了，皇上正在香炉前发火呢！"

凌楚楚指了指地上的龙小七，魏无忌立马明白了凌楚楚的意思，便从怀里掏出一把匕首，割断了龙小七身上的绳索，简单粗暴地解决了问题。她好傻，连魏无忌都能想到的办法……

时间已经所剩不多，凌楚楚跟着魏无忌赶进了太庙，只见开阔的广场站满了文武百官，乌泱泱一片，每个人的脸上都带着一股庄严肃穆之气。

凌楚楚感受到了巨大的压力。魏无忌刚才与她交代过了，如此重要的场合，言行举止一定要稳重大气。如果她走路不小心摔倒了，可是不祥之兆，要被砍脑袋的。

凌楚楚深吸一口气，每一步都走得很用力，恨不得把地上的砖石都踩碎。时辰刚刚好，她刚踏上祭坛，祭祀的礼官就朗声念道："吉时到，祭天大典，正式开始！"

凌楚楚心虚地躲开昭宁帝的白眼，正暗自庆幸，没有摔倒，没有劈叉，一切顺利。这个念头刚起，她的眼皮突然剧烈跳动起来。伴随着"杀！杀！杀！"三声震天的雄浑吼声，太庙外传来一阵剧烈的奔马嘶鸣之声，将文武百官都吓了一跳。

凌楚楚心里"咯噔"一下，居然还是来了。

禁军副统领匆匆冲进来禀报："皇上，有大批贼人手持刀箭冲击太庙，孙统领正率人与他们搏斗，特命属下来禀告。虽然我方人多，可是贼人多为江湖人士，武艺高强，而且有擅长用毒之人，许多弟兄都被他用卑鄙手段毒倒了！"

“混账！”昭宁帝气极反笑，“龙门余孽真把我京城当成他们的后花园了，凌副相乃我大雍福星，你替朕出门迎敌，击退他们！”

凌楚楚突然被点名，吓得脸“唰”地白了，她看了一眼昭宁帝，感受到昭宁帝眼中的笃定和自信，心里顿时安定了下来。她相信，皇上早就有所安排。

昭宁帝从袖中掏出一只小小的竹筒，悄悄塞到凌楚楚手里，用别人都听不到的声音说道：“爱卿不要害怕，你立功的机会来了！出了太庙大门，你就拉开引信，放出响箭，朕已经安排好伏兵助你了！”

寒冬腊月，呼啸的北风吹得人手脚冰凉，可是凌楚楚的心里却暖洋洋的。她悄悄握了握昭宁帝递过来的竹筒，像握着救命的灵符。

等一下她拉响暗号，皇上埋伏在暗处的兵马就会从四面八方包围龙三，不怕他不交出解药。凌楚楚跪下，真诚地朝昭宁帝磕了三个响头，然后迈着大步往太庙外走去。

就在她路过魏无忌身边的时候，一直被魏无忌拽住的龙小七终于挣脱开，跟在凌楚楚身后道：“凌大哥，我和你一起去吧！要是大哥真要害你，我就保护你！”

“你去添什么乱！”凌楚楚小声地嫌弃道，“我要到解药就回来，不会有事的！倒是你哥才该小心……”

她正说着，魏无忌也屁颠屁颠地跟了过来。

这一个个的，都是要排着队跟自己同生死、共进退吗？凌楚楚胸口涌动着的，满满都是感动。

到了太庙的大门口，魏无忌喊住凌楚楚道：“小相爷，等一下

我帮你喊一二三，然后就赶紧开门，把你从大门口推出去。"

凌楚楚想说好，但突然觉得不对："我出去，那你呢？"

"我会紧闭大门，在太庙里面为你助威！"魏无忌认真地回答，"我会高声念诵《道德经》，求三清道祖保佑你逢凶化吉、遇难成祥！小相爷只管放心去！"

"放心个鬼！"凌楚楚狠狠甩手，将眼前这个贪生怕死的魏无忌甩开。她从门缝里朝外看了一眼，只见太庙外刀光剑影，情势十分凶险。

虽然禁军武艺高强、训练有素，但是也敌不过龙门人多势众、有备而来，没过多久就开始节节败退。

这边的孙尚统领，胳膊上已经添了好几处剑伤，鲜血染红了衣裳。

对方阵营之中，龙三身边站着一拨人，全都手持箭弩，杀气腾腾。他看着场中争斗，成竹在胸地喊话："太庙里的狗皇帝听着，我龙门众豪杰在此，今日定要活捉了你，识相的快快把门打开，不然我们可要放箭啦！"

太庙之中一片寂静，文武百官战战兢兢，无人敢应答。

昭宁帝气得直咬牙，心想这等乱臣贼子，今天绝不能让他们再逃脱了！

龙三话音一落，弩箭齐发，"哐哐"地射在了太庙的大门之上，差点儿将门板洞穿。

凌楚楚和魏无忌躲在门柱之后，望着大门上密集的箭洞，都露出了惊惧的神情。

这个时候出去，简直就是寻死。

但是，君命不可违。

依靠魏无忌的帮助，凌楚楚悄悄将大门开了一线，然后硬着头

皮冲了出来，一边冲一边拉响了袖中的响箭，清脆悦耳的响声伴着响箭迅速飞上了天。

听到动静，禁军和龙门叛贼都停了下来，与此同时，从旁边的街巷之中蜂拥而出了大批身披银色铠甲的将士，他们胸前绣着黑色猎鹰的标志，有的手中拿着刀剑，有的手中拿着强弩，严阵以待。

他们人虽然不多，却将龙门之人的后路都堵死了，与禁军形成了包抄合围之势，场上的情况瞬间反转。

凌楚楚突然想起，书里有提及昭宁帝身前有御林军三千，穿着铜甲，保卫皇宫安全。

传说三千御林军中有精锐两百，每一位都有以一敌百的本事，皇上将他们挑选出来，单独组建鹰卫，赐予黑鹰银甲，代表皇上出宫游走，斩杀朝中奸逆。

粗略估计，两百鹰卫几乎都来齐了。为首的那位鹰卫身形高大，络腮胡，高鼻梁，气势十分凌厉霸道。他一剑指向龙三，轻蔑地说："龙门余孽，速速放下武器投降。不然，格杀勿论！"

龙三在京城暗中经营多年，对大雍皇族明里暗里的实力早就摸得清清楚楚，为了筹谋今日的谋反，早早就命人在京郊作乱，将御林军调虎离山。

所有步骤都在他计划之内，却没想到，螳螂捕蝉，黄雀在后，昭宁帝居然事先埋伏了两百个高手在太庙四周等他。

又不是未卜先知，怎么会提早安排？

龙三毕竟是玩弄阴谋诡计的高手，瞬间就明白了其中的猫腻，他狠狠地瞪着凌楚楚道："是你！胆敢背叛我，悄悄向狗皇帝告密，你是不想活了！"

凌楚楚被龙三嚣张的气势吓坏了，连连摆手："不是我！跟我

没关系！是你自己想谋逆……"

说着说着，她突然回过神来，自己刚刚可是一挥手就召唤出鹰卫的人，谁把谁弄死还说不定呢，于是顿时挺直腰板，强装镇定道："你，快把解药交出来，或许皇上会看在你救了我的分儿上，饶你不死。"

龙三从怀里掏出一只白瓷小瓶，晃了晃，里面有"哗啦啦"的水声传来。他冷哼道："本来这里面的药水可以解你身上的毒，但你胆敢向狗皇帝告密，就等着毒发身亡吧！"

说完，龙三作势就要砸了小瓶子。凌楚楚吓得手脚冰凉，脑袋里唯一的念头就是，这回，真的死定了。

就在这千钧一发之际，原本躲在凌楚楚身后的龙小七再也忍不住，焦急地制止道："太子哥哥，不要！"

龙三的手悬在了半空，他吃惊地望着突然冒出来的龙小七，急得差点儿跳起来："我不是让你乖乖躲在屋里，千万不要出门吗？你怎么会被他们抓了？"

"我……"龙小七犹豫着，不敢说出真相，龙三最恨吃里扒外的人了，要是让他知道，自己主动送上门让凌楚楚抓，回去他一定会把自己的屁股打得开花。

龙三看着龙小七满脸纠结的模样，心中已经有了自己的答案，一定是凌楚楚！每次都是他坏自己的好事！他咬牙切齿道："凌楚楚，你这个小人，要是敢动我家小七一根汗毛，我一定让你求生不得、求死不能！"

凌楚楚百口莫辩："我……怎么会是我，不是……这事不是这样的……"

"对，这事不是这样的！"龙小七怕凌楚楚把真相说出来，自己的屁股要遭殃，连忙抢过话头，"凌大哥不是真的要置我于死

地，她说只要你把解药给她，她就不会杀我……"

"杀你！凌楚楚，你还是不是人！"龙三暴跳如雷，"小七还只是个孩子！你也下得了手？"

"不是，我什么时候……"凌楚楚感觉自己跳进黄河也洗不清了，她还没来得及解释，手里就突然被塞了一把锋利的匕首。

龙小七一把拽过她的手，抵在自己脖子上，"演"上了："太子哥哥，你别管小七了，你快跑吧！凌大哥是好人，他不会伤害我的！"

凌楚楚心里一片死灰，完了！这次是把龙三得罪透了，小命怕是保不住了！

"你给我闭嘴！"龙三瞪了龙小七一眼，深吸一口气，平静了一下心绪，对凌楚楚道，"做个交易吧，我把解药给你，你放了小七！"

凌楚楚顿时喜出望外，原本以为自己死定了，没想到龙小七真的救了自己一命！她感激地看了一眼龙小七，爽快地答应了龙三的提议。

龙三望了望身后的弓箭手们，比画了个手势，让他们放下兵器。他生怕凌楚楚耍花样，不忘威胁道："解药只有这一瓶了，要是小七有什么好歹，你就陪他去死。"

凌楚楚连忙点头，也照着龙三的样子，命所有人不得动手。她手里挟持着龙小七，与龙三一步一步朝场地中央靠近。

望着龙三手中的小瓶子，凌楚楚心中涌起了浓浓的喜悦，她冒着枪林箭雨踏出太庙的大门，为的就是这解药啊！

就在她快要走到龙三面前的时候，耳边突然传来"咻"的一声，龙三的身子突然一僵……他的胸口突然冒出来一个小小的箭头，闪着凛凛寒光，鲜血汩汩而出，很快就将他胸前的衣服浸透了一大片。

这一幕发生得太快，所有人都惊呆了，包括凌楚楚。

站在凌楚楚身旁的龙小七看到这一幕，几乎目眦尽裂，他悲愤地冲到龙三面前，勉强接住龙三下坠的身躯。一颗颗晶莹剔透的泪珠从眼眶滚落，他喃喃道："太子哥哥，你千万不要有事！"

龙三勉强地笑了，弩箭的反震力道之大，早已摧毁了他的五脏六腑，他知道自己已经不可能活下去了。

"小七……不要……哭……太子哥哥，不行了……"龙三每个字都说得十分用力，每说一个字，都要吐出一大口血，吓得龙小七号啕大哭。

龙三虚弱地抬手，替龙小七擦去眼泪，断断续续道："小七，不要哭，以后……你一个人，要……要好好……活着……"

"怎么办？凌大哥，你快来帮帮我，帮我救救我的太子哥哥，他要死了！"

凌楚楚愣愣地望着那个络腮胡子的鹰卫首领，其他人都放下了手中的武器，只有他还牢牢抓着一把弩弓，刚才的暗箭，就是他站在龙三背后偷偷放出来的。

感受到凌楚楚愤怒的眼神，鹰卫首领缓缓收起手中的弩弓，轻描淡写地解释说："奉皇上密旨，一旦遇到龙三，立刻就地诛杀！"

凌楚楚张了张嘴，想骂他，却发现自己连骂人的力气都没有了。

听到龙小七的哭喊，她连忙上前看了一眼，顿时吓了一跳。

龙三的脸因为失血过多，呈现出一种死灰般的颜色，他的眼神已经开始涣散，却仍然勉力瞧着凌楚楚道："你……一定要……帮我……照顾小七……求你……照顾他……"

村里的老人曾经说过，死者为大，无论对方临死前有什么样的请求，都要尽量满足，不然对方会死不瞑目。

虽然龙三曾经想要害她的性命，可他毕竟是小七的哥哥，凌楚楚望着他苦苦支撑等着自己回答的样子，心软了。她想起自己的娘亲去世前，也叮嘱自己要照顾好弟弟。

都快要离开人世了，还放心不下自己的亲人，为什么不能让他们安心离开呢？

凌楚楚下定决心，点点头向对方保证："你放心，我会把小七当成我的亲弟弟。保护他，照顾他，绝对不让人欺负他！"

龙三听到这句话，终于释然地笑了。他吃力地伸手，想要把装着解药的瓶子给她，可是在半空中的手，突然无力地垂下。

龙三再也没了生机。

小瓶子"啪"的一下摔在地上，碎了。

凌楚楚脑袋里"嗡"的一下，好像有根绷着的弦断了。

唯一的一瓶解药，没了。

与此同时，龙小七也发了疯似的扑倒在龙三的身上，哀恸地喊了一声："太子哥哥——"

其声凄切，痛彻心扉。龙小七当场晕厥了过去。

凌楚楚背着龙小七回到太庙的时候，身后喊杀之声震天，鲜血蜿蜒遍地。

鹰卫以一敌百，名不虚传，虽然人数不多，但是每一个出手都凶狠酷烈，一招毙命。冲杀进龙门众人之中，如同砍瓜切菜，把太庙前活生生变成了血腥屠杀的炼狱。

这是一场力量悬殊的斗争，胜负早已注定。

然而凌楚楚早已不再关心最后的结果，她现在唯一的想法，就是要保住龙小七的性命。

她背着昏迷不醒的龙小七，回到太庙广场内，在满朝文武的注视之中，"扑通"一声跪了下来，抬头对上昭宁帝的眼睛。

昭宁帝的眼神有些躲闪，有些尴尬。

刚刚凌楚楚和龙三太子做交易时，鹰卫首领突施毒手，他说过是皇上交代他这么做的。

所以说从一开始，皇上压根就不在意她身中剧毒，也没想帮她找回解药，他只在意如何除掉龙三。

想明白这个道理的时候，凌楚楚心头的那点儿热血和感动，瞬间变得冰凉。她悲愤地望着昭宁帝："皇上，龙三被您派去的鹰卫统领，杀了……"

昭宁帝就慌了，生怕凌楚楚会说出什么对自己不利的话来，连忙抢先打断道："好！凌副相与鹰卫里应外合，护驾有功。朕这次一定要赏你，待回宫后就擢你任相国之位，如何？"

"皇上，我不是这个意思，您曾经答应过我……"

"不要说了！"昭宁帝脸色瞬间一沉，"你跟朕来！其他人，都给朕在这里等着！"

他带着凌楚楚进了太庙一旁的厢房，厉声训斥道："凌副相，你究竟要怎样，难道要在文武百官面前说朕言而无信，没有信守和你的承诺？"凌楚楚如果真的在众人面前说出这样的话来，自己定然颜面扫地。历朝历代，哪个皇帝不要脸面？

"皇上，我不是这个意思。"凌楚楚有些委屈，"我只是想求您饶了龙小七。"

"这不可能！他乃前朝余孽，怎能轻饶？"昭宁帝脸色一变，他已经下定决心要斩草除根，绝不能留下任何后患。

"可是我向您告发龙三的阴谋之时，您曾答应过我，替我抓住龙三，要回解药！是您言而无信在先！"

"住口！朕是为了大雍江山，是迫不得已的！"

凌楚楚并没有被昭宁帝的振振有词欺骗，她把头摇得跟拨浪鼓似的："我不管，我只知道你答应过我的事情没有做到。您是皇帝，怎么可以言而无信呢？现在我不求解药了，用这个换您饶小七一条命，这都不可以吗？"

昭宁帝面沉如水，虽然没有说话，但脑筋飞快地转动着。他没有想到，这位凌副相是这么难缠的主儿，自己好说歹说，怎么都说服不了他。

凌楚楚这是铁了心要和自己作对呀，那就怪不得自己心狠了。

昭宁帝的眼中闪过一抹精光，计上心头，转过身，像换了一张面孔似的，笑眯眯地望着凌楚楚道："要我放他一条生路也不是不可以，但是……龙小七怎么说也是谋逆同党，怎么能够随便由你带走？你这不是让朕难做？"

昭宁帝的话让凌楚楚点了点头，她并没有想得这么深远，果然皇上也是有苦衷的。她眨巴着眼睛，问："要我做什么吗？"

"稍后，我会命人为你换上我的衣服，易容成我的样子，带着龙小七路过文武百官面前，然后从后门悄悄离开。等到走得远了，你再将他放出。事后我会对外宣称，龙小七已经被朕秘密处决了。"

凌楚楚兴奋地点点头，感觉昭宁帝的主意真是太好了！

她迫不及待地主动要求说："快把我扮成皇上吧！"

一盏茶的时间过去后，凌楚楚坐在桌前，望着镜子里的那张脸，惊讶得张大了嘴巴。

不得不说，昭宁帝身边的奇人异士真不少，戴上人皮面具，简直和皇上的那张脸一模一样。对方还点了她的哑穴，说是怕她不小心开口说话露了馅。

凌楚楚觉得很有道理，悄悄带着龙小七准备从太庙的后门离开，此时她的内心满满都是喜悦，丝毫没有意识到任何不对劲的地方。

在她的身后，昭宁帝负手而立，目送着她背起龙小七坐上轿子，幽幽地叹了一口气："朕自做了这皇帝以来，一直觉得皇权不稳，内忧外患。这内忧嘛，就是凌氏一党势力太大，外患嘛，就是前朝余孽除之不尽。"

"可如今——"他意味深长地笑了，"这内忧外患总算要一并解决了，还要感谢仙师的好计谋。"

那顶明黄色的轿子，奔赴的是京城郊外，抬轿的四位，都是宫中的高手。

等到了郊外，他们就要执行昭宁帝的命令，秘密将凌楚楚和龙小七处死。

然而对于这一切，凌楚楚一无所知。

她正看着昏睡不醒的龙小七，心想等出了京城，龙小七的小命就算保住了。

没过多久，轿子"哐当"一下，摔在了地上，差点儿没把他们二人给颠出去。

凌楚楚吓了一跳，觉得外面突然变得十分安静，连忙从轿子里爬出来，却发现四个轿夫全都躺在地上，看不出是死是活。

她张了张嘴，想喊"救命"，可是被点了哑穴的她发不出任何声音。

一柄长剑轻轻架在了凌楚楚的脖子上。

眼前出现了一个蒙着面的黑衣人，看不到整张脸，那双狭长如同妖孽一般的双眼，居然有说不出的熟悉之感。

对方冷冷地看着她，眼神冰冷得像看着一个死人："皇上，荒郊野外，我来送你一程。只要你死了，一切就都变得简单了。"

凌楚楚吓了一跳，这是要杀人的节奏啊！可是这位大侠，您找错人了！喂，我不是皇上啊！

对方的剑犹如一条吐着芯子的毒蛇，朝她的咽喉刺来。

情势危急，凌楚楚凭借求生的本能勉强躲开，虽然躲过了致命一击，但肩膀被剑刺中了，伤口火辣辣地疼。

凌楚楚背上惊出冷汗，她意识到，自己今天真的要倒大霉了。

除了闭目等死，她只剩一个办法，跑！

凌楚楚一边拔足狂奔一边在心里盘算，龙小七还在轿子里，自己跑得越远，对方就越不会想要回头，龙小七至少是安全的。

此处的山峰很高，她怕被对方抓住，只能往山上跑，跑得气喘吁吁，脚下滑了好几下，可是黑衣人如同鬼魅一般，紧随其后。

对方出招很辣，只是挽了几个剑花，凌楚楚身上就多了好几处伤口。

每个伤口都在流血，她觉得身体越来越重，眼皮也越来越沉重……

大概连老天爷也看不下去了，就在凌楚楚快要跑不动的时候，眼前突然没了路。

凌楚楚望着陡峭的悬崖，心里一片悲凉。摔下去，肯定是粉身碎骨的下场。

蒙面黑衣人一步一步，冷冷逼近。

凌楚楚拼命挥手，想要告诉对方，自己不是皇上。

可是对方根本不明白她的意思，淡淡道："我知道你死不瞑目，可我必须让你死个明白，我叫胡九辰。"

凌楚楚震惊地瞪大眼睛，难怪她觉得这个人莫名熟悉，居然是他！胡九辰剑势如虹，狠狠刺在她的胸口。

巨大的力道让她喉咙一甜，吐出一大口鲜血。

而她也踉跄后退，不料身后已经再也没有退路，她脚下突然一滑，从悬崖上摔了出去。

悬崖的边有数根粗壮的绿色藤蔓，她的手在空中虚抓了一把，勉强拽住其中一根，这才没有直接摔下去。

凌楚楚吓得双腿直打哆嗦，她下意识闭着眼睛，不敢看身后那无尽的深渊，想喊"狐狸，救命"，可是，被点了哑穴，即使张了张嘴，也什么声音都没有。

山风呼啸，将她瘦弱的身躯吹得凌空飘摇，仿佛一片脆弱的枯叶一般。

求生的欲望让她死死拽着这一根嫩绿的藤条，即使柔嫩的手已经被抽出了血痕，也不敢放手。

悬崖的边角山石就在她头顶上方不远处，凌楚楚抬头望去，心想，自己再使把劲，就可以爬回去了。

可是，就在这时，一双鞋出现在她的视线中。

这双鞋，刚刚好，踩在她手中的藤蔓之上。

凌楚楚再往上看，正巧望见对方冰冷残酷的眼神。对方缓缓摘下蒙在脸上的面巾，果然，是她熟悉不过的那张脸。

俊美的面上满是杀气，她从没有见过这样的胡九辰，心中不由得一紧，胡九辰到底和当今皇上有什么深仇大恨，非要置之于死地不可？

胡九辰睥睨着她道："狗皇帝，死到临头，你还有什么话吗？"

凌楚楚拼命点头，有好多话要说！

她想说：狐狸，快住手，你仔细看看，我不是皇上，你杀错人了啊喂！

可是，哑穴被点了，什么话都说不出。

对方霸道的剑气已经伤及她的肺腑，她刚张了张嘴巴，嘴角就不停涌出大量的血沫，呛得她咳嗽不已。

每一下，都牵动着胸口剧痛。

凌楚楚心想，自己会不会和龙三太子一样，撑不了多久就会重伤而死。

然而由不得她细想，对方已经不耐烦地掏出剑，干净利落地朝脚下的藤蔓狠狠砍去。

凌楚楚吓得魂都掉了，她眼睁睁看着藤蔓在削铁如泥的宝剑之下轻松断成两截，然后，就感觉手中一轻……

这就，要死了吗？她双手双脚胡乱凌空扑腾了两下，感觉自己像一只断线的风筝，直直朝深渊坠落了下去。

如果可以，她真的很想破口大骂，臭狐狸这个卑鄙无耻、无情无义的混蛋！是他害死自己的，她做鬼也不会放过他的！

可是，哑穴被点住了，什么话都说不出。

就连这张脸，也不是自己本来的面目，她就这么莫名其妙地被当成是皇上的替死鬼，丢了性命。

"胡九辰，你不是说，绝对不会伤害我吗？为什么说话不算话？我死得好冤啊！"

凌楚楚委屈得鼻子一酸，流下了两滴滚烫的泪水。

胡九辰目送着对方的身影渐渐消失在山岚云雾之间，在他目力穷尽之处，隐约看见有一样东西从对方的袖口滑出，被凛冽的山风刮卷着朝他而来。

他下意识伸手握住，摊开手心，是一个蓝色的锦囊，样式花纹十分眼熟。

突然，他瞳孔收缩了一下，连忙拆开锦囊，里面果然有一块小小的平安符，是他送给……

刚刚那个人……

胡九辰的身体一僵，突然回想起刚刚那个人的种种怪异表现，身材太娇小了，力气也小得不像话，还有那双机灵澄澈的眼睛，哪里像是一个男人的眼睛。

他越想越不安，突然意识到自己刚刚犯了一个天大的错误。

就在这时，远处传来焦急的呼喊："凌大哥，凌大哥你在哪里？"

声音十分熟悉，胡九辰心头一紧，身形如电，循声掠去，很快就看到龙小七一瘸一拐地从远处奔来。

他连忙冲到对方面前，抓住对方的手，紧张地问道："你在找凌楚楚？她在这附近？"

"对呀，凌大哥和我一起坐轿子来的……"

话还没说完，就听"哐当"一声响，胡九辰手中的剑落在了地上。

"胡大哥，你怎么了？你的脸色……"

胡九辰面上露出恍然而哀恸的神情，他慢慢地转过头，望着身后不远处的悬崖，那里早就空无人影。

是他，亲手将她最后一根救命的藤蔓砍断，彻底害死了她。

（第一部完）

意林品牌书系推荐

意林女生文学·《小小姐》品牌书系　中国女生文学第一品牌，纯正、阳光、向上，优质女孩必选文学读物

萌灵小说系列

《悠莉宠物店Ⅰ》	18.80
《悠莉宠物店Ⅱ》	18.80
《悠莉宠物店Ⅲ》	19.90
《悠莉宠物店Ⅳ》	19.90
《悠莉宠物店Ⅴ》	19.90
《封印之书·九尾狐》	19.80
《封印之书·独角兽》	19.80
《玛丽晴异闻录》	19.90
《玛丽晴星灵录》	20.90
《薇妮天使旅行》	19.90
《苍岛有风①·人鱼过境》	19.90
《萌物委托社①世外萌龙天然呆》	22.80

冒险励志系列

《迷藏·海之迷雾》	18.80
《迷藏Ⅱ·月影迷踪》	19.90
《花与梦旅人Ⅰ》	19.80
《花与梦旅人Ⅱ》	19.90
《花与梦旅人Ⅲ》	19.90
《花与守梦人①·大公的苏醒》	19.90
《花与守梦人②·占星师的眼泪》	19.90
《萌侦探纪事Ⅰ》	18.80
《萌侦探纪事Ⅱ》	19.80
《萌侦探纪事Ⅲ》	19.90
《萌侦探纪事Ⅳ（大结局）》	19.90
《迷宫街物语》	19.80
《艾蜜儿宇航日记》	19.90

幸福蔷薇系列

《蔷薇少女馆Ⅰ》	18.80
《蔷薇少女馆Ⅱ》	18.80
《蔷薇少女馆Ⅲ》	19.90
《蔷薇少女馆Ⅳ》	19.90
《蔷薇少女馆Ⅴ》	19.90

浪漫古风系列

《七寻记Ⅰ》	18.80
《七寻记Ⅱ》	19.90
《七寻记Ⅲ》	19.90

果绿年华系列

《蝴蝶飞过旧时光》	19.80
《第一女执政官》	19.90
《风之少女琪琪格》	19.90
《霓裳小千金》	19.90
《两生花开时》	22.00
《风云俏萝莉》	19.90

月舞流光系列

《前方江湖请绕行》	19.90

《三色堇骑士之歌》	19.90
《守望彼岸星海》	19.90

萌淑女驾到系列

《萌淑女驾到之美女训练营》	19.80
《萌淑女驾到之天使候补生》	19.80
《萌淑女驾到之人鱼的信奉》	19.90
《萌淑女驾到之天鹅公主成人礼》	19.90

星愿大陆系列

《星愿大陆①：天命巫女》	19.90
《星愿大陆②：白银蔷薇》	19.90
《星愿大陆③：幻月手杖》	19.90
《星愿大陆④：永恒星钻》	19.90
《星愿大陆⑤：夜之王子》	19.90

浪漫星语系列

《处女座：完美年华初相见》	20.90
《天蝎座：假面黑桃Q》	20.90
《双子座：闯进你的孤单星球》	20.90
《巨蟹座：追梦的水晶鞋》	20.90
《天秤座：优雅走过下雨天》	20.90
《白羊座：裙摆是花开的地方》	20.90
《摩羯座：寄给青春一座城》	20.90

淑女风尚馆·气质养成系列

《我要我的淑女范儿》	18.80
《优雅女孩的秘密》	18.80
《清新森女在路上》	18.80
《俏女孩的甜美主义》	18.80

小MM迷你爱藏本

《蝴蝶停在十六岁》	18.80
《焦糖玛奇朵天使咒》	18.80
《那一年，花开半夏》	18.80
《雨季微凉时》	18.80
《只穿一天公主裙》	18.80
《月色银蔷薇》	18.80
《傲娇公主的美丽回旋》	18.80
《花田明月照年少》	18.80

重磅作家系列

《薄荷香女孩》	19.80
《不说再见好吗（上）》	17.90
《不说再见好吗（下）》	17.90
《风走过树林》	17.90
《忆棠的夏天》	17.90

唯美新漫画系列

《钢琴小淑女（第一季）》	17.90
《钢琴小淑女（第二季）》	17.90
《钢琴小淑女（第三季）》	17.90
《钢琴小淑女（第四季）》	17.90

《最佳女主角（第一季）》	18.80
《七寻记·鎏金龙纹镯（漫画版）》	15.00
《七寻记·夔龙黄玉佩（漫画版）》	15.00
《天鹅座·鹅黄》	18.80
《天鹅座·柳青》	18.80
《天鹅座·冰蓝》	18.80
《天鹅座·禧红》	18.80
《天鹅座·蜜粉》	18.80

绘色缤纷系列

《淑女绘·花的学校》	22.00
《淑女绘·童话诗人》	22.00
《淑女绘·雪花的快乐》	22.00

日光倾城系列

《巧克力色微凉青春Ⅰ》	20.90
《巧克力色微凉青春Ⅱ》	20.90
《浅蓝色时光舞步Ⅰ》	20.90

纯美小说系列

《少女果味杂志书①：甜心草莓号》	14.80
《少女果味杂志书②：蜜桃慕斯号》	14.80
《少女果味杂志书③：焦糖布丁号》	16.80
《少女果味杂志书④：香草海绵号》	16.80
《少女果味杂志书⑤：可可森林号》	18.80
《少女果味杂志书⑥：果果米苏号》	18.80
《少女果味杂志书⑦：香橙泡芙号》	18.80
《少女果味杂志书⑧：樱桃芝士号》	18.80
《少女果味杂志书⑨：蓝莓布朗号》	18.80
《少女果味杂志书⑩：薄荷方糖号》	18.80
《少女果味杂志书⑪：樱花紫苏号》	18.80
《少女果味杂志书⑫：柠檬红茶号》	18.80

蝴蝶蓝系列

《蝴蝶蓝（第一季）·千面桃花姬》	19.90
《蝴蝶蓝（第二季）·紫莲山庄》	19.90
《蝴蝶蓝（第三季）·落跑小郡主》	19.90

班花朵朵系列

《班花朵朵①·我是艺术生》	20.90
《班花朵朵②·电影初体验》	20.90
《班花朵朵③·偶像保卫战》	20.90

小MM四周年主题书

《现在是女生时代!》	28.80
《现在是女生时代!②·我们闺蜜吧》	28.80
《现在是女生时代!③·女生都是小怪物》	28.80

欢乐联萌系列

《养只萌呆镇宅①》	19.90
《养只萌呆镇宅②》	19.90
《养只萌呆镇宅③》	19.90
《养只萌呆镇宅④》	19.90
《养只萌呆镇宅⑤》	19.90
《萌师上线，顽徒请签收①》	19.90

天使在身边系列

《路过心上的哈士奇》	20.90
《当心! 浣熊出没》	20.90
《萌动之森①·雪地精灵伶鼬》	20.90

千国纪系列

《龙鱼千国纪①·花之女床国》	20.90

公主天下系列

《清河公主·洙宛传》	22.80

《意林·轻小说》·轻文库品牌书系　引领校园小说阅读新潮流

绘梦古风系列

《公主驾到》	23.80
《凤九卿1》	23.80
《凤九卿2》	23.80
《凤九卿3》	23.80
《凤九卿4》	23.80
《美人千千泪西楼》	23.80
《郡主驾到·壹》	24.00
《木兰帝（上）》	23.80
《俏娇小仙闹皇宫》	23.80

恋之水晶系列

《世界第一的假面殿下》	25.00
《脱线萌星易容记》	25.00
《指尖花凉忆成殇》	22.00
《欢歌犹在意微醺》	22.00
《见习保镖呆萌兽》	25.00
《可可少女梦想纪》	25.00
《后天男神①》	25.00
《世界第一的公主殿下①》	23.80
《挥手告别小时光》	23.80

奇幻仙境系列

《玫瑰帝国·荆棘鸟之冠》	25.80
《玫瑰帝国·黑羽蝶之翼》	25.00
《玫瑰帝国·白蔷薇之祭》	26.80

暗影迷踪系列

《终极推理事件簿》	22.80
《超级学园探案密码》	22.00

新炫武侠系列

《邻家武圣》	23.80

星光璀璨系列

《轻星球·仙女星云号》	19.80

灵气少女系列

《星有灵犀遇见你》	20.80
《萌熊改造计划》	20.80
《守护极速甜心》	20.80
《元气星女倾城记》	20.80

轻舞飞扬系列

《毛毛熊的浪漫樱花雨》	19.80
《发梢绾绿茉莉香》	19.80
《迷迭香在青春里绽放》	19.80

小 MM"欢乐联盟"系列第二弹！
《萌师上线，顽徒请签收①》爆笑来袭！
师父立志成为一名受万千少女敬仰的小说家！求徒弟的心理阴影面积！

沁动分享价：19.9元

自从师父迷上了小说《说一说镇上少女们那些事》后，无音阁的经济状况一落千丈，业务员们纷纷跳槽，危急时刻，花向晚不得不挑起养家糊口的重担——收集镇上青年才俊的情报出售给未婚的少女们。

一次偶然的路见不平，花向晚救下了镇上的"傻子千金"乐舞，惊讶地发现她竟是青年才俊乐尘风的妹妹！为了帮助乐舞，并且套取乐尘风的更多资料，两人达成"协议"，江湖少女易容成富家千金，"蠢呆萌"化身"傻白甜"，花向晚表示妥妥无压力！

史上最呆萌师徒成长史，已经爆笑起航……